KB125438

나를
뛰게 하는 힘,

열정

나를
뛰게 하는 힘,

열정

초판 1쇄 발행 2016년 6월 1일

지 은 이 　윤명희
발 행 인 　권선복
편 　 집 　김정웅
교 　 정 　이승혜
디 자 인 　이세영
마 케 팅 　정희철
전 자 책 　신미경
발 행 처 　도서출판 행복에너지
출판등록 　제315-2011-000035호
주 　 소 　(157-010) 서울특별시 강서구 화곡로 232
전 　 화 　0505-613-6133
팩 . 스 　0303-0799-1560
홈페이지 　www.happybook.or.kr
이 메 일 　ksbdata@daum.net

값 15,000원

ISBN　979-11-5602-377-7　　03810

Copyright ⓒ 윤명회, 2016

도서출판 행복에너지는 독자 여러분의 아이디어와 원고 투고를 기다립니다. 책으로 만들기를 원하는 콘텐츠가 있으신 분은 이메일이나 홈페이지를 통해 간단한 기획서와 기획의도, 연락처 등을 보내주십시오. 행복에너지의 문은 언제나 활짝 열려 있습니다.

나를
뛰게 하는 힘,

열정

윤명희 지음

도서
출판 **행복에너지**

C·O·N·T·E·N·T·S

○ ● ○

'네이션빌딩(Nation Building)'의 시작,
이천에서부터

○ ● ○

여상환 대표

자유지성 300인회 공동대표
국제경영연구원 원장
前 포스코 부사장

이천은 고려 시대부터 서희와 같은 훌륭한 인물을 배출했고, 훌륭한 역사적 스토리를 많이 가진 고장이다. 한 번 갔다가 다시 찾아오는 이천, 친절한 이천, 품격의 이천, 예의 바른 이천, 신용의 이천, 더불어 사는 이천, 자녀들을 제대로 가르치는 이천. 이 모든 것들은 우리가 충분히 할 수 있는 것이다. 품격과 인격과 멋을 발산하는 이천이 되어야 한다. 인의예지를 복원하여 옛 조상들의 품격을 회복하는 이천이 되어야 한다.

믿음이 없으면 사회가 바로 서지 못한다. 나라의 요체는 신(信)이다. 우리가 힘을 결집하여 믿음의 이천을 만들 수 있다면, 이런 풍토를 만들어 간다면 이것이 바로 품격 있는 이천으로 가는 지름길이다. 품격 있는 이천과 품격 있는 인간상, 품격 있는 지도자가 이천에 필요하다.

윤명희 의원이 이천에 그런 신선한 호흡을 불어넣어주는 인물이 되길 바란다. 이천이 새롭게 되기 위해, '네이션 빌딩'을 시작하는 아름다운 고장이 되기 위해 오늘도 열심히 뛰어주기를 기대한다.

○ ● ○

윤명희
'비백리지재(非百里之才)'

○ ● ○

황규선

대한민국 제15대 국회의원
치의학 박사

윤명희 의원을 만났을 때 『더불어 사는 사회』라는 책을 받았다. 그 책을 읽으면서 간단한 서평을 작성했다.

우선 '신뢰+열정+신명'이 떠올랐다. 윤명희 의원을 보면서 성실하고 거짓이 없는 사람이라는 생각이 들어

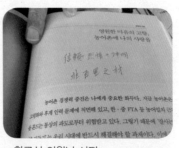

● 황규선 의원님 서평

신뢰할 수 있었고, 굉장히 적극적인 성격을 갖고 있다는 점이 인상적이었다. 열정이 가득하다는 생각이 들었다.

국회의원이 되기 위해서는 본인이 가진 소양이 좋아야 한다. 부지런하게 일하는 것도 중요하지만 더 중요한 것은 그 일을 즐기는 태도를

갖는 것인데, 윤명희 의원을 보면 자신이 맡은 일에 최선을 다하면서도 즐기는 일면이 보인다. 그리고 가장 중요한 것은 국회의원으로서의 사명감이다. 그런 점에서 역사적인 사명감을 갖고 열심히 일하려는 모습을 볼 수 있었다.

> *"방사원 비백리지재(龐士元 非百里之才): 방사원은 백리 고을을 다스릴 평범한 인재가 아닙니다."*

윤명희 의원은 여자로서 상당히 일을 하기에 좋은 기개와 소신과 신념이 있다. 그래서 농축산식품해양위원으로, 국회에서 비례대표 국회의원으로서 초선에 끝날 인재는 아니라 생각한다. 크게 국책을 다루어서 한국을 농업국가로서의 기반을 잘 살릴 자질을 가진 사람이라는 생각이다.

이천이 비록 자신의 고장은 아니지만, 윤명희 의원은 지역의 선배 정치인들이 잘 다져놓은 바탕을 받들어 더 잘 가꾸며 일할 사람이라는 생각이 든다. 인구가 전국 각지에서 유입된 탓에 이천에 본토 사람은 20% 정도밖에 되지 않는다. 이렇게 여러 지역에서 온 인재들의 이천을 향한 마음이 하나가 되어서 지금까지 이천을 잘 발전시켜 놓았다. 순수한 이천 사람만 주장할 것이 아니라 좋은 자질과 능력을 가진 인재를 받아들여서 이천을 더욱 살기 좋은 고장으로 발전시킬 수 있다고 생각한다. 당돌함, 신념과 소신 그리고 열정을 가진 윤명희 의원이 이천에서 열심히 뛴다면 나 역시도 적극적으로 도울 생각이다.

01

프롤로그

CEO 출신 여성 발명가, 새누리당 비례대표 3번 농업 직능대표 국회의원 윤명희
진정 일해야 할 곳, 나의 또 다른 고향 이천

CEO 출신 여성 발명가, 새누리당 비례대표 3번
농업 직능대표 국회의원 윤명희

"저는 부산지역 출신이지만 대한민국 제 19대 농업비례대표로 국회에 들어가서 4년여의 기간 동안 여러 가지 활동을 보고 현장을 어떻게 바꿔야 하는지 배웠습니다. 그동안 국회에서 익혔던 국정의 모든 경험들을 동원해서 일을 잘 할 수 있는 곳을 찾게 되었고, 주변에 계신 분들도 제가 농업비례대표로서 농민들을 위한 곳이면 어디서든 잘 할 수 있다는 확신을 주셨습니다. 도농복합지역인 이천을 선택해서 오게 된 것은 바로 그런 이유에서입니다. 제가 이곳에 오자마자 느끼게 된 것이 있습니다. 그것은 바로 이천은 지금보다 훨씬 더 발전할 수 있는 무한한 가능성을 품고 있다는 것입니다. 저는 이러한 이천의 가능성이 피어날 수 있도록 최선을 다해 일할 수 있으며 또한 그만큼의 역량을 가지고 있습니다. 이천의 발전을 위한 저의 노력은 지금도 현재 진행형입니다.

"이천이 고향이 아닌데 왜 이 지역에 와서 일을 하느냐?" 이런 말씀을 하시는 분들이 많이 계십니다. 하지만 기업도 CEO를 뽑을 때에는

지역을 한계로 지어서 뽑지는 않
습니다. 우리 회사를 어떻게 끌
고 나갈 것인가에 역점을 두고
뽑기 때문이지요. 저는 이제 정
치도 CEO적인 관점에서 접근해
야 한다고 생각합니다. 이때까
지의 지역정치는 지연이나 혈연,
학연 등이 많이 작용했다는 것을
알고 계실 것입니다. 그러다 보
니 그 사람이 자리에 오르고 나
서도 일을 제대로 할 수가 없는

일이 벌어지고 맙니다. 많은 청탁과 이와 연계되어 발생하는 여러 가지
장애로 인해 일의 순조로운 진행이 어려워지는 것입니다. 저는 이러한
정치를 타파하고 이천 시민 여러분께 깨끗하게 정치하는 모습을 보여
드리겠습니다.

저에게 이천은 고향은 아니지만, 저는 '사람이 머무는 곳이 곧 고향'
이라는 생각을 합니다. 그런 의미에서 저는 이천을 선택했고 또한 저의
선택이 틀리지 않았다는 확신이 있습니다."

– 국회의원 윤명희.
'이천 시민이 함께 하는 행복한 만남 오찬 간담회'에서

진정 일해야 할 곳, 나의 또 다른 고향 이천

저는 농업회사 법인을 경영하면서, 즉석 맞춤 도정기 개발 등 쌀 가공 관련 40여 종의 실용신안을 취득하였습니다. 현미를 대중화하여 국민의 식생활이 더 건강해질 수 있도록 기여해 왔으며 또한 농업 전문가이자 여성 발명가로서 활동하여 왔습니다. 그리고 한국라이스텍 대표이사, 한국 RPC 연구회 이사, 한국농식품법인연합회 부회장, 한국여성발명협회 부회장 등을 역임하면서 농업 발전에 최선의 노력을 다하였습니다.

이천을 제20대 국회 지역구로 선택한 이유는, 이천은 도농복합지역으로 농업에 대한 이해와 정책적 비전, 도시 개발과 경제 활성화를 위한 경영 전문성이 반드시 필요한 곳이라는 확신이 있었기 때문입니다. 유수의 대기업들도 경영진단을 외부 전문 컨설턴트에게 맡겨 회사 내부의 사정을 객관적으로 판단하게 하듯이, 저 또한 전문 컨설턴트처럼

멀리 그리고 크게 보는 시선을 통해 이천시 내부의 문제를 객관적으로 파악하고 정확히 진단하여 해결책을 제시할 것입니다.

과감한 개혁 정치를 통해서 중국 경제를 크게 성장시킨 등소평은 자본주의든 공산주의든 상관없이 중국 인민을 잘살게 하면 된다는 뜻으로 '흑묘백묘(黑描白描)' 정신을 주장하였습니다. 이천의 살림살이가 더 나아질 수 있도록 누가 진심으로 애정을 가지고 일하는지를 봐주셨으면 좋겠습니다. 일 잘하는 윤명희를 이천 지역 일꾼으로 우선 4년만 써 주신다면 이천을 바로 대한민국 정치 대변혁의 본보기가 되는 곳으로 만들겠습니다. 저는 오직 현장을 발로 뛰며 일하는 정치를 통해 그 성과를 보여드리겠습니다.

– 이천 〈하나로 신문〉과의 인터뷰 中 윤명희 의원 (2015.5.31.)

"국회는 일하는 곳입니다. 그러니 어른이 아니라 일꾼을 뽑아야 합니다."

– 〈한국 농어민 신문〉과의 인터뷰에서 (2015.12.1.)

나는 국회 농림축산식품해양수산위원회, 여성가족위원회, 군인권 개선 및 병영문화혁신특별위원회 위원으로 일하고 있는 새누리당 국회의원 윤명희이다.

비례대표 3번으로 대한민국 제19대 국회에 입성한 이후, 새누리당 최초의 농업 비례대표라는 무거운 책임감을 안고 농업인·여성·아동·장애인·다문화 가정 등 사회적 약자 보호와 지역 경제 활성화를 위한 의정 활동에 최선의 노력을 다하고 있다. 국회의원은 국민이 떠받들어야 하는 사람이 아니라 국민을 대변해야 하는 가장 낮은 위치에 있는 사람이라는 생각을 한다. 현장에서, 삶 속에서, 사람들 속에서 자신의 맡은 바 소임을 해야 하는 어쩌면 사회의 가장 밑에서 사람들을 바라보아주고 뒷받침해주는 소명을 가진 자리임이 분명하다.

초선 의원으로 처음 국회에 입성했을 때, 가슴 설레며 열심히 일할 것을 다짐했던 기억이 지금도 선연하다. 나는 그때의 열정을 잃지 않기 위해서 오늘도 최선을 다해 열심히 뛰고 있다. 국회에서는 토론회만 45회나 하여 '가장 토론회를 많이 하는 국회의원'으로 소문이 나 있다. 이렇게 자주 토론회를 개최하는 이유는 현안을 논의하고 문제를 해결하고, 대안을 모색하면서 정책과 법안 그리고 예산에 이르기까지 사업 추진에 필요한 모든 제도적 기반을 만들기 위한 것이다.

또한 국정감사 우수의원을 3년 연속 수상하는 등 정책 평가에서 성과를 인정받고 있고, 최근에는 입법 관련 전 분야 상위 1%대를 기록하면서 국회의원 중 두각을 나타내고 있다. 그뿐만 아니라 국회의원 본연의 임무인 입법 활동에서도 두각을 보여서, 〈중앙일보〉 조사 결과 19대 국회 여야 비례 대표 52명 중 법안 가결건 수 18건으로 법안 가결률 1위에 등극한 바 있다. 이러한 결

과는 사랑하는 이천 시민과 삼백만 농업인들을 위해 언제나 발로 뛰는 의정 활동에 매진한 것이 좋은 평가로 이어졌을 뿐이다.

나는 헌정 사상 최초로 농업 비례대표 국회의원이 되었다. 그런 만큼 농업 분야의 전문성과 기업 성공을 이끈 경영 능력을 갖고 중앙 정치를 경험하였다. 이러한 역량을 바탕으로 중앙과 지역을 아우르며 그동안의 의정 활동을 통해 몸으로 익혀 왔던 경험과 지역에 대한 비전을 공유할 때가 되었다는 생각이 든다.

이천은 도농복합지역으로 농업에 대한 이해와 정책적 비전, 도시 개발과 경제 활성화를 위한 경영 전문성이 함께 필요한 곳이다. 그리고 바로 그것이 내가 이천에서 진정으로 일해야 할 곳이라는 확신을 갖는 계기가 되었다. 단순히 권력을 가진 자리에 대한 욕심이나 앞날이 환하게 보장된 길을 원했다면 치열한 경쟁에 도전장을 내밀지는 않았을 것이다.

내가 이천에 연고가 없고 여성이라는 점에서 우려하시는 분들이 계시지만 나는 이제 우리의 정치가 연고주의에서 탈피하여 혁신을 이루어야 한다고 생각한다. 이천이 첨단 산업과 미래 창조 농업을 주도하고 35만 자족도시로 성장할 수 있도록 하는 비전에 함께 참여하여 이끌어

가는 주역이 되고 싶을 뿐이다.

이천시는 그 어느 지역보다 다양한 성장 가능성을 갖고 있다. 하지만 수도권정비계획법의 과도한 규제로 인해 기업 유치와 일자리 창출에 어려움을 겪고 있다. 4년제 대학의 이전이 어렵고 공장의 신설과 증설이 쉽지가 않아서 이천 내의 기업 경쟁력을 약화시키고 있다. 이렇게 지역 경제의 발전을 지체시키는 규제들을 면밀히 검토하고 중앙 정부에 적극 건의하여 기존 기업의 경쟁력을 강화하고 이천 내에 새로운 기업들을 적극 유치하는 데 앞장 설 것이다.

또한 이천쌀은 브랜드와 명성은 있지만 실상은 매출 부진 등 어려움을 겪고 있는 것으로 알고 있다. 그래서 이천에 있는 대표적 기업들 중 하나인 SK하이닉스나 NC백화점 등 여러 기업에서 이천쌀이 더 많이 소비될 수 있도록 기업의 사회적 책임(CSR)을 유도하는 등 이천쌀의 판매 방식과 유통 구조를 다양화할 계획을 갖고 있다.

그뿐만 아니라 이천쌀 브랜드 차별화 전략으로 쌀 포장지 전면에 이천의 비옥한 토양과 안전한 수질검사 등을 표시하여 안전성을 강조하고, 일부는 특화 작물 등으로 전환을 유도해서 이천쌀의 희소성과 가치를 높이는 방안 역시 살펴볼 것이다. 또한 SK하이닉스 증설 사업 지원, 일자리 발굴단 운영 활성화를 통해 일자리를 창출하고 전통 시장·소상공인·소규모 산업단지 경영 혁신 지원 확대, 이천의 대표적인 특산품

인 도자기를 활용한 관광 인프라 종합 연계, 체험 관광 문화콘텐츠 산업 육성 등을 통해서 이천 시민의 소득 증대를 역점에 두고 의정 활동을 펼칠 것이다.

그리고 국공립·공공형 어린이집 신규 확충, 임신·출산 지원 및 방과 후 돌봄 아동 체계 개편, 독거노인 돌봄 시스템 강화, 다문화·장애인 등 사회적 약자를 위한 행정 서비스 강화, 이천 시내·시외버스 노선 증선 및 배차 증편 등을 통해 '살기 좋은 이천, 행복한 이천, 안전한 이천' 만들기에 최선을 다할 것이다.

이천 시민 조사 보고서에 의하면 이천시 지역 주민들은 투자 및 지역 개방이 시급한 분야로 보건·복지, 산업·경제, 대중교통을 꼽았다. 또한 지역의 발전을 위한 우선 사업 분야 역시 보건·복지 투자 확대, 산업 단지 조성, 기업 유치 등 지역 경제 활성화, 도로 확장 등의 교통 여

건 개선으로 나타났다. 그래서 나는 시민들의 이러한 적극적인 요구를 반영하여 농정, 보건·복지, 산업·경제, 교통 분야의 투자 확대를 주요 공약 과제로 선정했다. 이천을 위해서 내가 열심히 일해야 할 내용들은 아래와 같다.

1. 이천쌀, 장호원 복숭아 등 이천의 대표 작물 육성과 말 산업 특구 지정 등을 통한 농축산업의 6차 산업화 실현
2. 안락하고 건강한 삶을 위한 이천 사회 통합 정책
3. 취약·소외 계층의 복지 사각지대 해소
4. 이천의 첨단 산업 활성화와 사회 기반 시설 구축
5. 이천 시민의 안전하고 편리한 교통 환경 제공

나는 19대 국회의원 공천을 받기 전 큰 수술을 받고 죽음의 문턱까

지 갔다 온 경험이 있다. 생사를 오가는 고통을 이기고 보니 삶에 대한 생각의 깊이가 달라졌다. 앞만 보고 달려가는 대신 잠시 멈춰 서서 나의 삶을 되돌아보고 삶의 의미와 진정한 소명은 무엇인가를 끊임없이 생각할 수 있는 계기가 되었다. 나에게 삶을 주신 이유는 지금까지 쌓아온 역량을 바탕으로 제2의 삶을 이천을 위해 헌신하라는 뜻이라는 생각이 들었다. 나에게 있어서 이천은 내 인생의 마지막 고향이다. 어머니와 같은 여성의 섬세함과 포용력으로 이천을 이끌어 가는 것이 나의 바람이다. 이천을 살리는 윤명희, 이천과 함께 살아가는 윤명희. 이것이 나의 마음속에 깊이 품고 있는 굵은 다짐이다.

02

똑 부러지는 살림꾼
윤명희의 이야기

심장병, 다시 얻은 생명으로
부지런한 윤명희, 그리고 장녀로서의 책임감
존경하는 박정희 전(前) 대통령, 그리고 그를 닮은 나의 아버지
평범한 주부로서의 삶에서 CEO로
나라와 지역을 살리는 아름다운 성공

○ ● ○

심장병,
다시 얻은 생명으로

○ ● ○

2011년 8월, 가정의 테두리에서 벗어나 안동에서 한창 사업에 열중하고 있었을 때다. 갑작스럽게 피로를 느끼고 몸이 안 좋아져서 잠시 병원에 들렀다. 치료를 받고 빨리 나오고 싶었던 나는 응급실에 도착하자마자 의사 선생님에게 날벼락 같은 소리를 듣게 되었다. 내가 심장병이라는 것이었다.

말 그대로 날벼락 같은 심장병 판정에 나는 얼떨떨한 느낌이었다. 그동안 나는 건강만큼은 자신 있었다. 갑작스러운 심장병 판정에 나뿐만 아니라 가족과 사업체에 있는 많은 사람들이 충격을 받았다. 그리고 나는 응급실에서 곧바로 중환자실로 옮겨지게 되었다.

병상에 누워 지금껏 잠자는 시간 외에는 오직 일에만 열중했던 기억들을 떠올려 보았다. 정말 쉴 새 없이 달려왔던 지난날의 시간들이 주마등처럼 스쳐지나갔다. 가장 답답했던 일은 한 달의 입원 기간 동안 아무런 일을 할 수 없다는 점이었다. 회사 일도, 집안일도 내가 직접 나서서 하지 않으면 안 될 일들이 쌓여 있었다. 하지만 죽음을 눈앞에 둔 상황이라 어쩔 수 없이 그 모든 일들을 내려놓고 쉬어야만 했다. 다행히 수술은 성공적이었고 병세는 금세 회복이 되었지만 머릿속에서 맴도는 의문점이 있었다.

'나에게 왜 이런 일이 일어나게 되었을까?'

이것은 지금까지의 나의 삶에 대한 근본적인 물음과도 같은 것이었다. 강한 힘을 받고 앞을 향해 힘차게 나아가던 인생의 모든 것들이 갑자기 멈춰버린 경험은 아무래도 무엇인가 시사하는 바가 있는 것만 같았다. 그리고 죽음의 문턱에서 살아 돌아온 그날도 마찬가지로 하늘이 나에게 다시 인생의 길을 허락한 분명한 이유가 있을 것이라는 생각이 들었다. 삶에 대한 경외감과 겸손한 마음이 마음속에서 일어나기 시작했다. 일종의 믿음 같은 것이었다. 이제 앞으로 나에게 일어나는 모든 일들을 겸허한 마음으로 받아들여야겠다는 생각이 들었다.

부지런한 윤명희,
그리고 장녀로서의 책임감

○ ● ○

휴전이 된 지 불과 2년밖에 안 된 1956년 부산 동구 범일동. 나는 2남 2녀 중 장녀로 태어났다. 누구나 마찬가지였겠지만 그때는 전쟁 직후라 모든 살림이 어려웠고, 잘 먹고 잘사는 것 자체가 어려운 시절이라 집안 식구 모두가 가정 경제를 위해서 힘써야 했다. 그래서 나에게는 어린 시절부터 부모님을 도와 집안일을 하는 것이 너무나 당연했다. 장녀였기 때문에 느꼈던 책임감도 늘 나의 마음 안에 자리하고 있었다.

얼마 전 수능 예비 소집을 다녀오는 수험생들을 보면서 문득 나의 학창 시절이 떠올랐다. 고생을 그저 생활의 일부로 받아들이고 살았던 시절, 그 시절이 바로 60년대였다. 전쟁이 끝난 지 10여 년 후밖에 안 되었고, 가정에서는 모두가 생활 전선에 뛰어들지 않으면 살기가 어려운 시절이기도 했으니까 말이다. 여학생들이 어려운 가정 형편 때문에 으레 여상에 진학하여서 가족들의 생계를 책임지거나 돕기도 하는 모습을 쉽게 볼 수 있던 시절이었다.

우리 부모님은 매우 성실했던 분들이셨다. 부모님에게는 성실함과 부지런함이 무기였고, 그 당시 우리 가족을 이끌어가던 원동력이었다. 나 역시도 부모님의 그러한 기질을 물려받았고 집안일을 하면서도 학업에 있어 상위권을 놓치지 않으려고 애를 썼다. 형편이 어렵긴 하지만 최고로 열심히 살겠다는 마음가짐이 자연스럽게 나의 마음속에 자리 잡았다. 4남매 중 장녀로서 연로하신 부모님을 모시고 동생들의 뒷바라지까지 하는 책임도 안고 살았던 시절이었다. 당시에 고생을 하느라 못 다 이룬 학업에 대한 열망은 이후 직장 생활을 하면서 대학에 진학하여 이루어갔다. 생각해보면 그때 당시에는 아득하기만 했는데, 지금은 사회 각 분야에서 훌륭하게 자리를 잡고 번듯한 가장으로 성장한 동생들을 보면, 지난날의 힘들었던 시간들이 뿌듯하게 추억으로 남아 있음을 느끼게 된다. 한 집안의 장녀. 어쩌면 부모님에게는 가장 든든한 자녀이고, 형제자매들에게는 부모님을 대신할 수 있는 존재로 언제나 넓은 마음으로 품어야 하는 존재이기도 하다. 그리고 사실 내가 꿈꾸고 지향하는 정치 역시 이런 장녀의 마음을 갖고 임하는 것이다.

○ ● ○

존경하는 박정희 전(前) 대통령,
그리고 그를 닮은 나의 아버지

○ ● ○

박정희 전(前) 대통령. 내가 개인적으로 존경하는 정치인은 바로 박정희 대통령이다.

성공이라는 것은 '산을 오르는 산악인의 최고봉'이고, 꿈은 '꾸어야 현실이 된다'고 믿고 있다. 하루하루 게으르게 살지 않고 최선을 다해서 사는 것, 그것들이 모여서 꿈을 이루게 되는 것이기 때문이다. 이런 신념을 몸소 실천하신 분이 바로 박정희 전(前) 대통령이라고 생각한다.

한 나라의 아버지로서 그리고 지도자로서 전쟁 직후 어려워진 한국 경제를 놀랄 만한 수준으로 끌어올릴 수 있었던 원동력, 그 밑바탕에 계셨던 분이 박정희 전(前) 대통령이다. 그분은 국가 지도자로서의 능력이 대단했음은 물론, '강직함'과 '신념'이라는 심적인 뿌리를 깊게 가지고 계셨던 분이셨다.

사실 그분을 떠올릴 때마다 나의 아버지를 함께 떠올리게 된다. 나의 아버지는 그러한 분이셨다. 아버지는 모든 사람을 대할 때 자신만의 신념을 가지고 대하셨다. 바로 '정직함'이다. 내가 지금 신념으로 삼고 있는 '정직이 모든 일의 우선'이라는 믿음에 가장 크게 영향을 주신 분이 나의 아버지이시다.

아버지에 대한 존경심을 품게 된 계기가 있다. 내가 어렸을 때였다.

어린 시절 내가 살았던 집 앞마당에 사람들이 모여서 웅성거리고 있었다. 마당에서 아버지는 불같이 화를 내고 계셨다. 그리고 동네 아주머니 몇 명이 화를 내며 소리를 지르시는 아버지를 말리고 계셨다. 나와 동생들은 난생 처음 보는 아버지의 화난 모습에 놀라서 구석에서 떨고만 있었다. 나중에 들은 이야기로는 어머니가 낮에 동네 아주머니들과 막걸리를 한잔 하셨고, 직장에서 퇴근하신 아버지가 집에 오셔서 얼굴이 붉어진 어머니를 보고 술을 먹었냐고 물어보셨다는 것이었다.

아버지의 말에 겁이 난 어머니는 술을 마시지 않았다고 거짓말을 하셨고, 그 때문에 아버지는 화가 나신 것이었다. 아버지께서 화를 낸 이유가 술 때문만은 아니었다. 아버지에게 어머니가 늘 아내로서 정직해야 한다는 믿음 때문이었다. 어머니를 믿으시는 아버지의 마음에 상처가 났기 때문에 불같이 화를 내셨던 것이다.

사실 그 사건을 제외하고는 나의 부모님은 평생 해로하시면서 다정하게 사셨고, 두 분 사이에 다툼이나 언쟁은 거의 없었다. 그래서 그날 보았던 아버지의 분노는 더욱 깊이 나의 뇌리에 박혀 있다. 정직하지 않아 신뢰가 무너진다는 것이 얼마나 큰 파장을 불러일으킬 수 있는가를 눈으로 생생하게 본 나는 그날 이후 정직과 신뢰를 진리로 여기며 살고 있다.

○ ● ○

평범한 주부로서의 삶에서 CEO로

○ ● ○

어린 시절부터 나는 공부에 대한 욕심이 많았다. 하지만 장녀로서 조금 더 일찍 취업해서 가정 살림에 보탬이 되어야겠다는 책임감 때문에 나는 실업계 고등학교에 진학하였다. 졸업 후에는 바로 중소기업에 취직을 했다. 그렇게 나의 사회생활은 시작되었다. 회사의 경리 업무를 맡아 하던 나는 특유의 꼼꼼한 기질 덕에 사람들에게 인정을 받을 수 있었다. 부지런한 기질이 발휘가 된 덕분에 입사한 지 얼마 안 되어서 나는 '일 잘하는 윤명희', '야무진 윤명희'라는 별명을 얻을 수 있었다.

결혼을 하고 두 아이를 낳고 키우느라 나의 사회생활은 잠시 중단되었다. 가정을 꾸려 남편과 함께 아이들을 키우고 시동생들을 뒷바라지하면서 정말 열심히 살았다. 나는 평범한 가정 주부였지만 무슨 일이든지 열심히 임하는 기질은 가정생활에서도 유감없이 발휘되었다. 가장 낮은 곳에서 민심을 온몸으로 체감하며 살아온 평범한 사람이었던 나. 그때의 나의 모습을 그렇게 간단하게 설명할 수 있을 것 같다.

평범한 날들이 계속될 것이라 생각했으나, 90년대 말 갑자기 불어 닥친 IMF 외환위기는 우리 가정에도 큰 영향을 미치게 되었다. 남편의 직장이 위태로워지면서 순식간에 나는 가정주부의 생활을 접고 사회에 나가 경제 일선에 뛰어들 수밖에 없었다. 결혼 후 육아와 살림만 해오던 주부가 과거의 짧막한 사회생활 경험을 토대로 새로운 사업에 뛰어든다는 것은 결코 쉬운 일은 아니었다. 나에게는 아무 것도 남아 있지 않은 상태였다. 그런 상황에서 남편의 일을 대신 운영해야 했고 새로운 아이템으로 사업에 도전을 해야 했다.

그러나 내겐 나만의 숨겨놓은 노하우가 있었다. '쌀'이었다. 나는 가정주부였기 때문에 가장 친숙했던 쌀에 주목했고, 주부로서의 생생한 실력과 합리적인 성격을 바탕으로 쌀 가공업체를 만들

● 라이스텍 당시

게 되었다. 쌀이라면 자신이 있었다. 주부로서 꼼꼼하게 쌀에 대한 눈썰미를 익혀 온 것도 큰 도움이 되었고, 가장 까다로운 소비자의 입장에서 사람들이 어떤 쌀을 먹기를 원하는지 생각했기 때문이었다. 그러나 경영이라는 것 자체가 쉬운 일이 아니었다. 생산에서 마케팅 홍보까지 하나도 그냥 넘어갈 수 없는 부분들이 많았다.

이후 회사에 찾아 온 여러 난관들을 극복하면서, 나는 즉석 맞춤도정기 개발 등 쌀 가공 관련 40여 종의 실용신안을 취득하였다. 그런데 쌀 가공업체를 창업했을 당시 도정업계의 실력자들은 남성들이 대부분이었기 때문에, 정글과 같은 남성들의 세계 속에서 사업을 하는 것이

● 라이스텍 당시

쉽지만은 않았다. 그리고 그 당시에는 쌀 맛에 집중한 섬세한 도정 기술이 없던 상태였다. 쌀은 일단 맛이 중요하다. 그리고 신선미가 있는 쌀은 사람들이 찾기 마련이다. '즉석 도정' 아이디어를 생각해 낸 것은 그런 이유에서였다.

우리 민족의 오랜, 주된 먹을거리는 쌀이다. 예전에 우리는 쌀농사를 지으면 그것을 방앗간에서 찧어서 두고두고 먹었다. 금방 찧어놓은 쌀은 수분이 남아 있어서 윤기가 자르르한 것이 밥맛이 무척 좋았다. 그러나 시간이 흘러 수분이 날아가면 처음의 밥맛은 사라지고 푸석푸석한 맛이 나 버리고 만다.

'매일 바로 도정한 쌀로 밥을 지으면 얼마나 맛있을까?'

단순한 아이디어였다. 하지만 왠지 괜찮은 승부수가 될 것 같은 예감이 들었다. 즉석 도정기를 만들어내는 현실적인 아이디어에 박차를 가하면 무엇인가 대박이 터질 것만 같았다. 그리고 '즉석 도정' 아이디어는 블루오션이 될 것이라는 생각이 머리를 스쳐갔다. 개척을 하고 뛰어 다니다 보면 무엇인가가 있을 것이라는 본능적인 예감이 들었던 것이다. 그리고 전국을 돌아다니면서 시장을 살펴보고 아이디어를 현실화해 나가기 시작했다. 그때 전국을 다니던 주행거리만 해도 3년에 20만 km가 될 정도였다. '웰빙(well-being)'은 당시 새로운 열풍을 예고하는 트렌드였다. 그리고 그것은 쌀 산업과도 매우 긴밀하게 연관되는 개념이었다.

매장에서 직접 도정한 현미 판매는 당시 주부들에게 신선한 충격을 주었다. 드디어 1999년, 즉석도정 쌀(현미) 판매를 시작하게 되었다. 즉성도정 쌀은 판매가 시작되자마자 좋은 반응을 얻었다. 당시 홈플러스에서도 즉석 도정 쌀이라는 신선한 아이디어를 매우 긍정적으로 평가해 주었다. 그래서 홈플러스 창원점에 1호점을 오픈했다. 사업에 가속도가 붙어서 2001년에는 판매장에서 손쉽게 사용할 수 있는 즉석 도정기 개발에 성공을 하고, 2002년에는 홈플러스 27개점에 입점을 하고, 2006년에는 홈플러스 전국 매장에 입점을 하기에 이른다.

하지만 모든 일이 그렇게 쉽지만은 않았다. 당시 국내에서 생산되는 즉석 도정기계는 가격에 비해 자주 말썽이 나서 애를 많이 먹었다. 매장에서 판매하는 사원들이 대부분 여성들이라 기계 고장이 생기면 고치기가 어렵다는 단점도 있었다. 그렇게 되면 분명히 매출에 타격이 생기게 될 것이라는 판단이 들었다.

나는 직접 기계를 만들기로 마음을 먹었다. 정말이지 그때의 고생은 말로 다 표현할 수도 없다. 대한민국의 전국을 돌아다녔다고 해도 과언이 아니다. 그리고 시간과 노력을 기울인 끝에 가격도 저렴하고 소음도 적은 기계를 만들었다. 작은 고장을 접했을 때 판매원들이 직접 기계를 고칠 수 있도록 철저한 서비스 교육도 실시했다. 매장의 분위기를 저해하는 도정기의 과도한 소음의 원인을 찾아내기 위해 밤낮을 수도 없이 지새웠다. 할 수 없을 것이라는 한계점에 도달할 때마다 그것을 극복할 것인가, 말 것인가라는 선택지가 주어지고 내가 무엇을 선택하는가에 따라 모든 것은 결정이 된다. 그리고 그것은 철저하게 CEO의 판단력과 노력에 따라 달라지는 것이다.

나 역시도 CEO로서 그러했다. 체력이나 아이디어에서 한계점에 도달할 때가 있었다. 그러나 시장을 개척한다는 것은 기본적으로 그러한 것이다. 결국 맨몸으로 도전하면서 전국 방방곡곡의 매장들을 찾아다니고 기계와 씨름했던 경험 덕분에 기계로 인한 걱정이 줄어들게 되었다.

이 모든 것은 '주부의 경험'에서 나온 아이디어이다. 작은 것도 소홀히 해서는 안 된다는 것. 국내의 쌀 판매 업계의 '미다스의 손'이라는 별명이 그저 얻어진 것은 아니었다고 생각한다. 2002년 고품질 쌀의 인지도 확산을 위해 매장에 쌀 전용 진열대를 개발해서 소비자들에게 깨끗한 이미지로 시각적인 효과를 높이고, 최상의 도정 효과를 위한 매장용 현미이온 저장고 개발 등의 지속적인 아이디어 창출로 우리 회사 브랜드의 쌀은 지속적인 인기를 모으기도 했다. 사업 초기 3,400만 원이던 매출 규모를 150억 원까지 끌어올려서 나는 단숨에 성공한 여성 CEO로 자리매김할 수 있었다. 쌀 가공 관련 40여 종의 실용신안을 취득하여 한국여성발명협회 부회장을 역임하였고, 신지식농업인상도 수상하여 농업 전문가이자 여성 발명가로 인정을 받게 되었다.

안동 특산품 백진주 누룽지 미국L.A 최초 수출
일시:2008. 4. 16   (주)한국라이스텍

'프레시 라이스'라는 소포장 세척 쌀을 만든 것은 사실 생활 속의 작은 불편함이 원인이었다. 남편과 함께 아이들을 키우면서 맞벌이를 해야 했던 나는 집에 와서 가족들을 위해서 밥을 할 때마다 쌀을 씻는 것이 귀찮았다. 쌀을 씻고 불리고 하는 데에는 시간도 꽤 들고 손도 많이 갔기 때문이다. 문득 '간편한 과정을 통해 쌀밥을 해먹을 수 있으면 얼마나 좋을까'라는 생각이 들었고, 그렇게 해서 떠오른 것이 바로 '프레시 라이스'였다.

300g짜리를 밥통에 쏟아 물만 부으면 두 세 사람이 먹을 수 있는 분량의 밥이 되도록 만든 제품이다. 진공 포장된 간편식 쌀이라는 것은 새로운 개념이었다. 일손 덜기를 원하는 주부들뿐만 아니라 간편하게 쌀밥 식사를 해결하고 싶어 하는 모든 사람에게 어필할 수 있는 것이었다. 프레시 라이스는 전국의 유명 콘도와 편의점에도 납품할 계획을 세웠고, 회사 매출에도 많은 도움이 되었다. 이렇게 열심히 살림을 꾸려 간 회사의 매출 규모는 연 100억 원 정도였다. 가만히 앉아 있지 않고 직영 매장을 발로 뛰어다녀 일궈낸 결과였다.

○ ● ○

나라와 지역을 살리는
아름다운 성공

○ ● ○

　사실 아이들이 한창 클 때 맞벌이를 하기 위해서 집을 나가서 일을 한 탓에 다른 어머니들처럼 아이들을 세심하게 챙겨주지 못한 것이 가장 마음에 걸렸다. 사업 초기에도 여자 CEO에 대한 편견을 갖고 있던 사람들 때문에 힘든 부분도 있었지만, 아무래도 아이들을 사랑하는 어머니로서 주변에서 농담이지만 "계모 아니냐?"라는 이야기를 들었을 때가 가장 마음이 아팠다. 지금은 이런 어머니의 마음을 잘 이해하고 잘 자라나서 가정을 이루고 가장으로서 성실하게 살아가고 있는 아들들이 자랑스럽기만 하다.

　사실 무엇인가를 시작하면 끝장을 보아야 하는 성격, 위기에도 별로 크게 흔들리지 않는 성격이 사업과 함께 가정생활을 영위해 나가면서 가장 큰 도움이 되었다는 생각이 든다. 그리고 무엇보다 어떤 일에 대한 '절박한 마음'을 갖는 것, 그리고 처음부터 이 길이 아니면 없다는 마음가짐을 가졌던 것이 나를 이끌어 오던 힘이었다.

그러한 절박함이 때로는 생명력을 갖고 일할 때가 있다. 『난중일기』
에서의 이순신 장군의 모습이 그러하다. 이순신 장군은 32살의 늦은 나
이에 무과에 급제해서 변방에서 관리 생활을 했다. 자신의 처지에 대한
한탄 없이 항상 청렴하고 강직한 자세로 일을 했다. 그런 그의 삶을 이
끌어 왔던 힘은 무엇일까에 대한 생각을 해 본다. 이순신 장군에게 있
어서의 '절박함'은 개인적인 의미 이상의 것이었다. 우국충정을 가진
자만이 갖고 있는 나라에 대한 근심, 그것이 이순신 장군이 생명을 다
해서 나라를 살리기 위해, 온 힘을 다했던 것이라 생각한다.

성공이란 무엇일까? 나는 성공을 '산을 오르는 산악인의 최고봉'이
라고 여긴다. 꿈은 꾸어야 현실이 된다고 믿고 있으며, 하루하루의 삶
을 게을리 하지 않고 최선을 다해야 꿈을 이룰 수 있다는 평범한 진리
를 품고 살아가고 있다. 직접 몸으로 뛰고 일하지 않고는, 사람들을 만
나서 그들의 의견을 귀담아 듣지 않고는, 무엇이 문제인지를 끊임없이
탐구하여 고치려고 하지 않고는 아름다운 열매를 맺을 수 없는 것이 성
공의 본질이다. '분골쇄신(粉骨碎身)'이라는 말을 가슴에 새기고 그러한
정신이 삶의 일부가 되어 있지 않다면 성공이라는 것은 따라오지 않는다.
그렇지만 성공은 반드시 나라에 대한 그리고 사람들에게 생명을 줄
만한 힘과 에너지가 있어야 한다. 『후흑학(厚黑學)』이라는 책이 있다. 청
나라 말엽의 지사였던 리쭝우가 제창한 학설로 오늘날에는 중국판 마
키아벨리즘으로 불린다. '면후심흑(面厚心黑)'이라 하여, 두꺼운 얼굴의
뻔뻔함과 시커먼 속마음의 음흉함으로 자신의 속내를 좀처럼 드러내지
않는, 그러면서도 칼을 갈고 실력을 닦아서 적을 이긴다는 처세술이다.

중국 역사에 나오는 영웅호걸들은 하나같이 후흑의 대가였다고 한다.

춘추전국시대에 월왕 구천이 오왕 부차에게 모욕을 당하여 복수하기 위해서 와신상담하면서 자신의 힘을 기를 때까지 속내를 드러내지 않았다가 일시에 복수에 성공을 하는 것이나, 유명한 유방과 항우의 대결에서 항우를 제압한 유방의 탁월함도 사실은 후흑술에서 비롯된 것이라고 한다. 고리타분한 생각보다는, 사람들에게 도움이 되지 않는 이념보다는 탁월한 현실적 처세술을 통해서 난국을 극복해 가는 후흑의 철학은 성공하기 위해서는 어떤 마음가짐을 가져야 하는지에 대해서 이야기해 준다.

하지만 리쭝우가 역설한 후흑의 궁극적인 목적은 뛰어난 후흑으로 나라를 위기에서 구하는 '후흑구국(厚黑救國)'에 있다. 유교적 전통이 깊이 뿌리박힌 중국이나 우리나라는 정직하고 높은 도덕 수준을 가지고 있으며 정의 관념에 충실한 인물이 존경을 받지만, 정작 난세를 평정하고 역사를 만들어나가는 인물들은 후흑의 이치에 통달한 사람들이다. 이념보다는 실리를 추구하고 국력을 낭비하지 않으면서 나라를 구하는 것. 오늘날 성공을 위해서 익혀야 할 배움이다.

03

국회의원 윤명희,
국민을 위해 뛰다

농촌의 새 희망 만들기
전통 식품, 우리의 문화를 계승하다
여성이 살아야 나라가 산다
고통받는 이들을 위해 일하다
약자를 위한, 미래를 위한

○ ● ○

농촌의 새 희망 만들기

○ ● ○

2012년 4월, 농업 분야의 전문성과 기업을 성공적으로 이끌었던 경험이 바탕이 되어 나는 헌정 사상 최초로 새누리당 농업 비례대표로 국회에 입성하게 되었다. 심장병을 앓고 난 후 불과 몇 개월 뒤의 일이었다. 농업 비례대표 3번으로 새누리당 국회의원에 공천을 받았을 때까지의 시간들이 너무도 숨 가쁘게 흘러갔다. 공천 제의가 들어온 것은 신께서 나에게 주신 제2의 삶과도 같았고, 국회의원이라는 직함은 심각했던 병을 극복하고 난 후 나의 인생에 새롭게 주어진 미션처럼 느껴졌다. 지금까지의 나의 삶을 통해 쌓아왔던 모든 분야의 노하우들을 이제는 국가와 국민을 위해 헌신하라는 하늘의 뜻이라 여길 수밖에 없었다. 이제 나의 삶의 시간들은 나만을 위한 것이 아닌 다른 이들의 것이다. 가장 성숙하고 열정적인 시기에 나라를 위해서, 국민을 위해서 사는 삶이 주어진 것은 말할 수 없는 축복이라는 생각이 들었다.

하지만 비례대표 국회의원이 된 뒤 국회에 입성해 살펴보니, 한국

농업의 현실은 그리 녹록지만은 않았다. 농민들의 숫자는 빠른 속도로 줄어들어가고 있었고, 지금까지 농·식품 분야는 여전히 1차 산업의 수준에서 머무르고 있다 보니 이렇다 할 고부가가치를 창출하지 못하고 있었다. 우리 민족은 예로부터 쌀 없이는 살 수 없는, 쌀과 함께 걸어온 역사가 있다. 하지만 역사상 유례없는 호황기의 시대를 살고 있으면서 쌀 소비는 점점 줄어들어만 가고, 어려운 농민들의 사정과 그들의 마음을 헤아려줄 정부의 노력에는 한계가 있었다.

농업에 대한 깊은 고민이 필요했다. 농업 경쟁력을 강화하기 위해서는 근본적인 체질 개선이 필요했고, 고령화와 도농 간 격차 심화 등으로 활력이 떨어진 농촌에 새로운 힘을 불어넣어야 했다. 그리고 FTA 등으로 인해서 해외 시장 개방의 폭이 확대가 되면서 외국 시장과의 경쟁 관계에 놓여 있었기 때문에, 그러한 상황을 극복할 만한 현실적인 대안들이 필요해 보였다. 농업의 경영과 국내 시장 중심의 농업 성장에 대한 여러 가지 문제들을 안고서 시작한 것이 나의 국회의원 생활의 첫 시작이었다.

사실 농업 분야 전반에 걸친 패러다임의 변화가 필요했다. 돈 버는 농업을 함께 만들어 가야 하고, 정부와 기업 그리고 농산업의 현장이 함께 하모니를 이루어서 각각의 역할에 따라서 발전적인 관계를 만들어 나가야 했다. 그래서 농업 분야도 2차·3차 산업인 가공·판매업과 관광 산업까지 결합된 6차 산업으로 탈바꿈해야 고부가가치를 창출할 수 있다는 생각이 들었다. 이제 세계의 주요 국가들이 국가의 주요 핵심 산업으로서의 농업을 재조명하고 있기 때문이다. 농업은 시작하면 손해를 보는 애물단지가 아닌 지속적인 정책 방향을 통해서 새로운 시

각으로 다시 바라봐야 할 국가적인 산업으로 만들 수 있는 보물단지이
기 때문이다.

● 김포 로컬푸드 공동판매장 방문

세계적인 투자 전문가인 짐 로저스는 미래를 예측하면서, 앞으로 계
속되는 인구의 증가는 농경지 부족과 이로 인한 식량 문제를 가져올 것
으로 예상했다. 그래서 미래에는 식량 산업이 유망 산업이 될 것이라고
예견을 하고 있다. '모든 사람이 농업을 등한시하고 도시로 몰려나올
때 역으로 농부가 되는 발상의 전환이 필요하다.'고 보고 있는 것이다.
이것은 다른 나라만의 문제가 아니다. 우리나라도 농업의 중요성에 대
해서 다시 눈을 떠야 할 필요가 있다.

국회의원으로 등원한 이후 지금까지 국회, 농업계 모두가 인정한 현
장의 문제를 가장 잘 해결하는 농업 전문 국회의원으로서, 농업인 소득

증대와 권익 보호를 위한 법안 마련에 힘써 왔다. 대표적으로 '쇠고기와 돼지고기 이력제'를 만들고 이를 안정적으로 정착시킴으로써 국산 농축산물에 대한 경쟁력 강화 및 소비자 신뢰를 향상시키는 데 기여했다고 자부할 수 있다.

소외 계층이나 세대 그리고 분야를 대표하여 국회에 들어온 비례대표의 경우 전문성을 바탕으로 관련 분야에서 최선의 노력을 다하고 있지만, 활동에 있어서 제약이 되는 부분이 많다. 다양한 제도의 개선이나 노력이 필요한 부분이기는 하지만 무엇보다도 중요한 것은 비례 대표로서의 실제적인 능력과 성과다. 국민의 심부름꾼으로 일하기 위해서는 일단 '일 잘 하는 것'이 가장 중요한 것이고 그것은 국민에게 봉사하는 가장 확실한 길이라고 생각한다.

감사하게도 2015년 하반기의 법안 발의와 법안 통과 평가에서 나는

30점 만점에 21.9점이라는 높은 점수를 기록하여 1위에 오르기도 했다. 함께 한마음으로 일해 주신 분들과 일구어낸 소중한 열매라고 생각한다. 그리고 법안 통과에서도 30점 만점에 24.6점으로 여당 비례대표 중에서 1위를 차지했다. 제정안과 전부 개정안 2건을 포함해서 통과 건수가 51건으로 당내는 물론 여야 전체 중에서도 독보적인 1위를 차지하였다. 그리고 2016년 2월 '19대 국회 4개년 종합헌정대상'의 수상자로 선정되어 4년 연속 국회 헌정 대상을 수상하게 되는 영예를 안게 되었다.

사실 생각해보면 국회의원으로서 맡은 바 소임을 다했을 뿐인데도 귀한 상을 받게 된 것 같다. 상의 주인공은 사실, 국민이다. 함께해 주시고 내가 앞으로 섬겨야 할 시민들이다. 지금까지 내가 축적해 놓은 경험이라는 소중한 자산을 통해서 대한민국의 농민 그리고 시민들을 위해 지속적인 입법과 정책 활동을 개발해 나가는 것은 나의 기쁨이며 즐거운 책임이기도 하다.

● 국회의원 헌정대상 수상

실천하는 열정, 발로 뛰는 정치

2015년 올해의 국정 감사도 역시나 치열했다. 여야가 뜨거운 공방을 벌이는 국정감사의 현장에서 기쁘게도 많은 성과가 있었다. 특히 나의 전문 분야인 농업과 대한민국 여성의 인권을 위해서 열심히 뛰었던 것이 좋은 성과들을 거두었다.

먼저 농어업계에서의 '두꺼운 유리천장 문제'를 지적했다. 아직까지도 여성들은 직장에서 많은 불편과 부당한 처우를 당하는 경우가 많이 있다. 안타까운 일이다. 시대가 변했다고는 하지만 일하는 여성에 대한 인식이 변하는 것에는 역시 오랜 시간이 걸린다는 것은 현실적인 문제였다. 농해수위 소관 부처·여성 고위직 4.4%의 여성들이 여성 직원 처우 및 형평성 개선 필요를 지적했다.

● 국정감사

지난 해 나의 지적 사항과 정부의 여성 임원 비율 확대를 위한 '경제 혁신 3개년 계획'에도 불구하고 2년 째 여전히 여성 임원이 없는 항만 공사의 인사 정책에 대해서 지적을 하고 여성관리자 임용 확대를 위한 제도 마련을 주장하였다.

그래서 농림축산식품부 장관, 농촌진흥청장, 농어촌공사 및 aT사장, 농협중앙회장 등 장관 및 기관 단체장에게 여성 직원 처우 및 형평성을 개선하겠다는 확약을 받았다. 또한 피감기관들은 여성 직원 처우 및 형평성 개선을 위한 향후 추진 계획을 마련하여 보고하겠다고 하였다. 여성들에 대한 처우 개선 문제는 아직도 갈 길이 멀다. 하지만 열정적으로 문을 두드려 본다면 반드시 발전된 상황이 오리라 생각이 된다.

또한 이와 더불어서 항만공사의 위험관리 소홀에 따른 적발 건수가 여전히 감소하지 않는 것에 대해 지적하였다. 지난 3년간 발생한 570여 건에 달하는 항만공사 하역 근로자의 재해 건수 등 국내 항만 공사의 부족한 위험 관리 능력과 솜방망이 처벌 그리고 포상에 의한 잦은 징계 감경에 대해서도 지적하였다.

두 번째로, 쌀 관세화 이후 쌀 경쟁력 강화 및 농가소득 향상을 위해서 다양한 정책 대안을 제시했다. 특히 3모작을 활성화하고, 사료용 벼 품종을 개발하며 쌀 지도 개발을 촉구했다. 3모작 시 단작보다 농가 소득이 30~58% 정도 증대가 되고, 또 이런 소득의 증대가 앞으로 농업의 6차 산업화라든지 농촌 발전에 꼭 필요한 일들이기 때문에 이러한 활성화를 위해서 제안을 한 것이다. 농림부에서도 이 안건을 받아들였다. 3모작 활성화를 통한 농가소득 제고의 필요성을 지적한 것에 대한 좋은 성과였다.

그리고 농림축산식품부, 농협중앙회, 농촌진흥청장에게 사료용 품종 개발 등 쌀 재고 급증 및 수급 안정화를 위한 정책 대안을 제시했다. 그리고 쌀 품종 개발 및 3모작 활성화를 위해서는 정책 부서인 농림축산식품부, 기술 보급 기관인 농촌 진흥청, 생산자 단체인 농협과의 유기적 협조 체계 구축이 필요한 만큼 협업을 통한 후속 대책 마련을 촉구했다.

나는 농림축산 분야와 더불어서 여성 가족위원회 상임위도 하고 있다. 이와 관련해서 여성가족위원회 국정 감사에서는 **전국의 147개소 새일 센터 중 농어촌 지역 설치는 13개소(15%) 뿐이라는 점을 지적했다.** 이 안건에 대해서 김희정 여성가족부 장관도 앞으로 농촌의 새로운 귀농 귀촌의 특성에 맞는 프로그램을 개발하고 운영되는 새일 센터를 증대하겠다는 약속을 하였다.

새일 센터는 육아와 가사 때문에 직장을 그만둔 후 다시 일을 하고 싶지만 현실적인 벽에 부딪혀서 일할 기회를 놓친 여성들을 위한 사회적 시스템이다. 우리나라 여성 중에서 자녀들을 다 성장시킨 후에 다시 일하고 싶어 하는 여성들은 약 37% 정도로 적지 않은 비율을 차지한다. 그러나 경력 단절이 된 여성의 경우는 회사 조직 내의 폐쇄성과 사회적인 여건 등 여러 가지 이유로 다시 취업에 도전하는 것이 어려운 상황이다.

새일 센터의 역할은 이러한 여성들이 전국에 있는 새일 센터에 찾아오면 바로 상담을 받고 구직활동의 도움을 받을 수 있도록 해준다. '새일 여성 인턴제'라는 프로그램이 있어서 이 프로그램에 참여하는 업체에는 인건비를 지원하고, 참여 여성에게는 일을 할 수 있는 기회를 주는 제도이다. 3개월 동안 인턴으로 근무할 시 고용지원금을 주고, 이후 정규직으로 전환이 되면 취업장려금과 함께 참여업체와 참여자에게도 지원금을 주는 제도이다. 각 지역의 새일 센터에서는 자체적인 직업 교육을 실시하고 있고 일하고 싶은 여성들의 다리가 되어주기 위해 최선의 노력을 다하고 있다.

현재 새일 센터는 전국에 147개소가 운영이 되고 있으나, 군 지역(82개소)에는 13개소만 운영 중이다. 특히 농촌 지역은 다른 중소 도시만큼 프로그램의 혜택을 많이 받지 못하는 부분이 있어 상대적으로 불리한 면이 있다. 그래서 나는 농촌의 새로운 인적 자원인 귀농·귀촌 여성의 특성과 욕구를 고려한 프로그램 개발을 강력히 요구하였다. 일과 가정의 주인공인 여성들이 두 가지 일을 잘 양립할 수 있도록 하고, 국가적으로도 좋은 인적 자원들을 활용할 수 있는 기회를 열어주어야 하기 때문이다.

그리고 초·중·고등학교 6,735곳, 반경 1km내에 성범죄자가 거주

하여 성범죄 위험에 노출되어 있다는 점을 지적했다. 지자체별로는 서울이 93%, 부산 89%, 광주 83%, 대구 81%, 인천·대전 78%, 울산 69%, 경남 45% 등 특별시, 광역시가 비율이 높은 것으로 드러나 성범죄자 정보 공유 체계 마련이 시급한 실정이기도 하다. 2012년 7월에 발생한 통영 여자 초등생 실종 사건과 2013년 6월 대구 여대생 살인 사건의 공통점은 바로 성범죄 전과가 있는 범죄자의 범행이었다.

성범죄자들은 통계적으로 대상과 같은 동네에 살거나 안면이 있는 사람들이 많고 오히려 평판이 좋고, 외모도 정상적인 사람들이 많다고 한다. 그만큼 주위를 유심히 살피거나 제대로 된 범죄 예방을 하지 않으면 성범죄에 쉽게 노출될 수 있다는 것이다. 학교의 안전망 확대가 무엇보다도 중요하다.

그래서 이를 위해서 '성범죄자 알림e앱' 보급 확대를 요구하였다.

● 여성가족부 국감

'아동·청소년의 성보호에 관한 법률' 시행에 따라 정부는 지난 2010년 1월부터 아동·청소년의 성보호와 성범죄 예방을 목적으로 성범죄자의 신상 정보를 인터넷상에 공개하고 있는데, 이것이 바로 성범죄자알림e다. 이로써 성범죄 유죄 판결을 받고, 정보 통신망에 의한 공개 명령을 선고받은 자의 이름, 나이, 주소, 실제 거주지와 신체 정보, 얼굴 사진 등의 신상 정보를 사이트에서 조회할 수가 있게 되었다.

이 서비스의 신뢰도는 나날이 높아지고 있다. 성범죄자로 등록된 자의 주소를 공개하고, 공개 대상자의 사진을 경찰관이 높은 해상도의 사진기로 직접 촬영하기 때문이다. 선명한 사진으로 성범죄자를 확실히 구별할 수 있도록 돕고 있다. 또한 매년 성범죄자들은 경찰서에 출석해서 사진을 새로 찍고 6개월에 한 번씩 신상 정보 변경 내역을 신고하게 되어 있다. 만약 이를 따르지 않으면 1년 이하의 징역이나 500만 원 이하의 벌금에 처하게 된다. 성범죄자의 등록 정보 관리 기간도 10년에서 20년으로 연장되었다.

사실 인터넷망이 발달하기 전까지는 이런 범죄자의 신상 정보를 알아낼 수 있는 방법도 없었다. 그러나 이제는 적극적인 대응이 가능해졌다. SNS 시대에 맞추어 우리 자녀들의 안전을 위해서 이렇게 사회와 온라인 시스템 그리고 어른 세대들이 함께 노력을 해서 더 이상 성범죄로 인해 상처를 입고 고통 받는 아이들이 생기지 않도록 모두가 힘을 모아야 한다.

그리고 **'해외 데이팅 서비스'에 대해 적극적인 조치를 취하도록 요구했다.** 예전에 우리 세대가 연애하고 결혼할 때의 세태와 요즘은 비교할 수 없이 달라졌다. 요즘엔 누구나 손쉽게 인터넷상에서 인간관계를 맺을 수 있고, 인간관계의 범위도 과거에는 상상할 수 없을 정도로 넓어졌다. '소셜 데이팅'은 젊은이들 사이에서 새로운 연애 트렌드가 되어가고 있고, 요즘 결혼 적령기의 젊은 청년들은 온라인 데이팅으로 결혼까지 하는 경우도 있다고 한다. 이것은 인간관계 형성에 긍정적인 영향도 많다고 하는데, 온라인 데이팅은 이와 더불어서 어두운 면도 있다. 바로 성매매에 사용되는 유해 매체물이 될 수도 있기 때문이다. 소셜 데이팅 사이트 프로필에 허위로 정보를 입력할 수 있어 범죄에 이용될 소지가 있고, 특히 최근 기혼 남녀 간 만남을 알선하는 소셜 데이팅 서비스인 '애슐리 매디슨' 등이 불법 성매매의 창구로 이용되었다는 보고도 있었다. 부도덕한 생활을 조장하는 유해 매체물이 많은 이들에게 매우 나쁜 영향을 주고 있는 것도 문제이지만, 이러한 사이트에 청소년들이 쉽게 접근이 가능할 수 있다는 것이 가장 심각한 문제라 볼 수 있다.

이에 따라서 나는 '소셜 데이팅 서비스'의 안전한 이용을 위한 안전수칙 마련 등 제도적인 보안을 요구하였다. 아직은 허술한 면이 많은 SNS상에서 아직 판단력이 부족한 청소년들이 잘못된 유혹에 빠지지 않도록 법적인 차원에서 예방을 해야만 한다. 그리고 이러한 불법이 계속되지 않도록 하는 사회적인 감시가 계속되어야 한다. '애슐리 매디슨'과 같은 소셜 데이팅 사이트의 경우에는 사이트를 차단해서 접근을 원천적으로 막아야 마땅하지만, 모든 사이트들을 같은 방법으로 다룰 수는 없다. 문제가 더 심각해지기 전에 적극적인 조치가 필요하다.

그리고 내년부터 시행될 자유학기제에 대해서도 발언하였다. 학생들이 다양하고 창조적인 경험을 통해서 학습 능력을 키우고, 재능과 학업 능력을 발견하는 기회를 제공하는 좋은 제도다. 하지만 농어촌 지역은 체험 활동을 위한 기반이 부족한 만큼 농어촌지역 청소년들이 내년에 시행될 자유학기제에서 보다 다양한 체험 활동을 할 수 있도록 여가부의 적극적인 지원을 당부하였다.

또한 올해 국정감사에서는 이러한 내용들을 발의하였다.

· 이천 잣나무에서 발생하는 재선충병에 대한 대책 마련
· 소과(小果) 생산 확대
· 한중 FTA 비준 전 대책
· 김치 무역적자 심각
· 알리바바 '티몰(T-mall)'에 대기업 브랜드만 입점한 것을 지적하고 대책을 요구

9월의 농어촌공사에서 진행된 국정감사에서는 알리바바가 운영하는 티몰(T-mall)입점 브랜드 중 97%가 중소기업 브랜드라는 홍보와는 달리 대부분 대기업이 입점해 있으며, 입점한 농수산식품 브랜드는 국민이 체감하는 중소기업과는 거리가 멀다는 점을 지적했다. 국민들이 공감할 수 있는 중소기업들이 쉽게 입점할 수 있는 여건을 마련해야 한다고 말했고, 김치와 같은 품목들도 알리바바에 입점할 수 있게 해 줄 것을 촉구하였다.

그리고 aT 수출의 60% 이상은 가공식품으로 이루어져 있어 국내 농어업인들에게 아무런 도움이 되지 않고 있음을 지적하였다. 커피, 설탕과 같은 가공 식품은 90% 이상을 수입 원료로 만들기 때문에 수입 업체

에게만 이득이 된다. 그런 만큼 국내 농수산업을 위해 가공 식품에 대한 국산 원재료 사용 비준 확대를 요구했다.

그리고 지난 5년간 김치 수입액은 1억 달러 이상인 반면 수출액이 20%이상 감소하여 1,152억 원의 무역 적자가 발생한 사실에 대해 지적하여 수출시장 다변화, 수출국 개척 등의 대책 마련을 촉구하였다. 또한 농업 정책 자금의 부적절한 집행 및 사용으로 증가하고 있는 농업인의 피해를 감소하기 위한 인력 확충과 검사기법 개발을 요구하였다.

● 국정감사 우수의원 수상

'국회에서 가장 토론회를 많이 하는 국회의원'
'3년 연속 국정감사 우수의원 3관왕 달성'

'국회의원들이 뽑은 최우수 입법 활동 의원 3위'

'NGO 모니터단 국정감사 우수의원 선정'

"현장의 목소리에 귀 기울이며 국민들의 생활과 직결된 사안이 무엇인지를 꼼꼼히 살피는 의정활동을 하겠습니다."

2015년 9월 23일 새누리당에서 뽑은 국회 농림축산식품해양수산위원회 국정감사 우수의원에 3년 연속 선정이 된 후 언론을 통하여 내가 국민들을 향해 다짐했던 말이다. 국민들이 언제나 지켜보고 있고, 국회의원으로서의 나의 자리가 거저 주어진 것이 아닌 책임감을 바탕으로 하고 있다는 생각이 늘 내 마음 깊이 자리 잡고 있기 때문이다.

나는 국회 입성 후 단 한 차례도 빠짐없이 국감 우수의원상과 입법 및 정책 우수 의원상을 수상하여 우수 국회의원상 31관왕의 기록을 세웠으며 주요 언론사들로부터 1등 국회의원으로 선정되는 영광을 얻었다. 앞서 이야기한 것 이외에도 2012년 시작된 국회의원 활동 이후

● 대한민국 우수 국회의원 대상

에 나를 따라다니는 수식어들이 많이 생겨났다. 그리고 전체 국회의원 300명 중 법안 발의건수 5위, 본회의 가결 건수 새누리당 내 3위, 국회 의원들이 뽑은 '최우수 입법 활동 의원' 3위로 입법 관련 모든 분야에서 상위 1%의 의정활동을 펼쳤다. 그리고 지난 2014년에는 '2014 대한민 국 우수 국회의원 대상'을 수상했다. 이 상은 국회 본회의 출·재석, 법 률안 발의 등 의정활동이 우수한 국회의원에게 수상하는 상으로 시민 단체와 언론사의 추천을 통해 수상자가 선정된다.

신기한 일이다. 짧은 시간동안 공직자로서 그저 열심히 일했을 뿐 이었다. 열심히 뛰어다닌 결과, 감사하게도 나에게 주어진 이름들이 늘 어가고 있었다. 어린 시절부터 몸에 배어 있는 근면함, 아침 6시부터 일 어나 출근하여 하루에 내게 주어진 일들을 컨트롤하고 지시하고 눈앞 에 보이는 여러 가지 문제들을 어떻게 해결해 나갈 것인가를 심사숙고 하는 것, 이런 것들이 이제는 완전히 몸에 배어있는 나의 일상이 되어 버렸다. 발로 뛰고 싶었고 누구보다도 눈에 띄게 열심히 일하는 국회 일꾼이 되고 싶었다. 그래서 그동안 나는 국회 농림축산식품해양수산 위원회와 여성가족위원회 위원으로 활동하였다. 또한 농업 비례대표 로서 농업인 소득 증대와 권익 보호를 위한 법안 마련에 힘썼다.

최근 몇 년 간 우리의 농업은 FTA 체결로 인해서 많은 어려움을 겪 고 있는 상황이다. 그러나 지속적인 연구 개발과 수출 판로 확보를 위 한 노력이 뒤따른다면 당면한 위기를 기회로 바꿀 수 있을 것이다.

사실 현재 우리의 농어업은 국가 식량 안보를 담당하고 있는 산업임 에도 불구하고 낮은 식량 자급률 문제, 고령화로 인한 낙후된 삶의 질 문제, 비료, 농약, 사료 값 인상 등으로 인해 총체적인 위기 상황에 놓여

● 대한민국 과일산업대전에서

있다. 먹을거리의 의미는 '생존'을 위한 수단이 아니라 '생명의 존엄성'을 위한 필수 요소가 되었다.

박근혜 정부는 공약 사항으로 '안전한 식품의 안정적인 공급체계 정립'을 약속하며 농식품 안전관리시스템을 획기적으로 개편해서 안전한 먹을거리 공급을 책임지겠다고 밝히고 이를 실현해 나가고 있다. 아무리 세상이 변해도 농수산물을 먹지 않고 사는 사람은 없다. 농어업이 식량의 주권을 책임지는 미래 안보 산업인 이유는 여기에 있다.

그리고 국정과제인 '농어촌마을 주거환경 개선 및 리모델링 촉진을 위한 특별법안'을 제정하여, 낙후된 주거환경을 계획적으로 정비하도록 법적 제도를 마련하고 예산을 확보하여 농민의 삶의 질 향상을 위해 노력해 왔다.

그뿐만 아니라 1차 산업이라는 가장 견고한 유리천장을 뚫고 최초로 여성 임원할당제 법안을 통과시킴으로써 고령화로 고민 중인 우리 농촌이 여성 농민들의 역량을 적극 활용해 경쟁력을 강화할 수 있는 기틀을 마련하였다.

가끔 나는 지금의 내 모습이 잔다르크 같다는 생각을 한다. 준비도 안 된 평범한 어린 소녀였던 잔다르크가 갑작스럽게 찾아온 계시와도 같은 운명 앞에 섰던 것처럼, 나 역시도 심장병을 앓고 난 후 갑작스럽게 찾아온 국회의원 공천 소식에 그러한 생각을 했다. 이것이 나를 위해서 주어진 기회는 아닐 것이라고. 하늘은 분명한 계획을 갖고 나의 인생을 끌고 갈 것이라는 생각이 들었다. 연약한 잔다르크가 나중에는 조국을 위해서 누구보다도 헌신하였던 것처럼, 나도 그렇게 정치에 입문을 했지만 지금은 온 힘을 다해서 국민을 위해 일하고 있다.

요즘 국회의원들을 가리켜 '슈퍼 갑질'을 한다며 비난할 때가 많다. 아니나 다를까 연일 국회의원들이 뇌물수수, 취업청탁, 성폭행이나 병역비리 등의 불명예스러운 일들로 국민들의 신뢰를 잃어간다는 점 때문에 그러한 용어가 등장했으리라. 나 역시도 국회의원이 되기 전에 TV나 다른 언론에서 나오는 국회의원들의 불미스러운 소식들을 들으면서 눈살을 찌푸릴 때가 많았다. 그래서 나 자신이 국회의원이 되었을 때 심적으로 느꼈던 책임감이 더 컸다. 국민들이 나를 바라보고 있는 시선에 대해 늘 신중하고 진실하게 대응해야 한다는 생각이 나를 움직이게 하는 또 다른 힘이다.

농어촌에 생명력을, 농어촌에 미래를

농어촌이 잘 사는 것. 이것이 나에게는 매우 중요한 화두이다. 인구 고령화와 후계자 인력이 부족한 우리의 농촌은 점점 어려워지고 있고, 설상가상으로 한·중 FTA 등 우리나라의 농어업의 기반을 흔드는 파도와 위협으로부터 보호받지도 못하고 있기 때문이다. '잘 사는 농어촌을 만드는 것'은 이 시대에 해결해야 할 과제이다. 부유하고 경제적인 농어민들이 많은 나라, 부유하고 윤택한 생활을 하는 농어촌을 만드는 것은 나의 소중한 사명이다.

밥 한 그릇이 식탁에 오르기 위해서는 88번의 농부의 손길이 필요하다고 한다. 과거에 기계도 없이 벼를 수확하고 탈곡하고 밥상에 오르기까지 수고한 농민들의 땀과 노력은 어떠했을까? 요즘은 농업의 기계화로 인해서 그나마 그 노력의 횟수가 줄어들었다. 하지만 농사는 해 본 사람만이 안다. 땅이 좋아도 사람의 정성이 없으면 말짱 도루묵이다.

● 농민들과 함께

우리들이 먹는 따뜻한 밥 한 그릇, 이것은 말할 필요도 없이 수많은 농민들의 염려와 수고, 그리고 땀의 결정체이다. 그러나 밥은 우리의 생명을 이어가게 해 주고 우리는 그로 인하여 행복하게 살아가고 있는데 정작 수고의 주인공인 농부들의 삶은 행복하지 못하다. 나라는 이렇게 잘살게 되었는데도 불구하고 왜 농어업인들의 삶은 언제나 제자리걸음인 것일까?

정치에 처음 입문했을 때 내 마음 속에서는 '농어촌, 농어업, 농어민'이라는 화두만이 가득했다. 국회의원으로서 농민들의 삶을 바꿀 수 있는 가장 주된 노력은 정책의 모순을 바꾸는 것이었다. 몇 년이 지나도 가난한 삶에서 벗어나지 못하는 농어민들의 현실, 그리고 농어촌은 가난하다는 일반 사람들의 인식, 농어업의 생산과 유통 과정 등에서의 여러 가지 모순들이 눈앞에 더욱 생생히 보이기 시작했다.

이제는 농민들의 삶을 개선하기 위한 생생한 아이디어나 정책이 꼭 필요한 시점에 이르렀다. 그리고 현실적으로 그러한 노력을 할 수 있는 시대가 충분히 도래했다고 생각한다. 예를 들어, 소과(小果)의 과일을 이야기해보자. 나는 수박을 무척 좋아한다. 하지만 어떤 해에는 수박을 한 조각도 입에 대지 못하고 여름을 보낼 때가 있다. 수박이 너무 크기 때문이다. 그동안 품종 개량을 위한 노력과 기술력 향상으로 과일을 비롯한 농작물의 크기가 매우 커졌다.

그러나 핵가족화의 영향으로 한 가정 내의 식구는 서너 명으로 변화되었고, 요즘에는 싱글족이니 1인 가족화니 하면서 사이즈가 줄어들고 있는 실정이다. 이럴 때에 축구공 사이즈의 1.5배나 2배 정도에 달하는 수박은 부담이 될 수밖에 없다. 먹고 싶어서 수박을 잘라도 양이 많아 나머지는 버리게 되는 일들이 허다하다.

이것은 낭비이다. 답은 매우 간단하다. 작은 과일, 작은 사과나 작은 수박을 생산하고 판매하는 것이다. 요즘 사람들의 생활 스타일에 따라서 개량이 이루어지게 되면 자연스럽게 소비도 늘어나게 되고 농가의 소득도 덩달아 오르게 된다. 작은 아이디어이지만 의외로 큰 긍정적인 결과를 가져올 수 있는 것이다. 농어업 과학자들이 적극적으로 나서야 할 때이다. 사람들의 트렌드를 읽고 농업 과학에 적용시켜야 한다. 그리고 나 역시도 이를 위해서 끊임없이 노력하고 있다.

가장 토론회를 많이 하는 국회의원 윤명희

하루아침에 이런 일들이 이루어질 수 있었을까? 정책을 하나 만드는 것에도 수많은 분들의 땀과 수고가 필요하다. '농어업 현장과 소통하는 정책'은 많은 사람들의 지원과 협조가 반드시 필요하다. 내게 있어서 '농림축산식품해양수산위원회 위원'이라는 자리는 각 농어업 단체 및 유관 기관과의 자연스러운 만남이 언제나 가능한 자리였다. 일하기에 가장 적절한 위치였던 것이다.

간담회나 티타임 등을 통한 만남은 매우 효과적이었다. 그런 가볍고도 신중한 시간들을 통해서 나는 해당 공무원, 농어업 대표들과 만남의 자리를 자주 가졌다. 서로 평소에 생각하고 있던 의견들을 나누고, 때로는 파고들어 생각을 깊게 하며 합리적으로 만들어진 의견들은 정책에 반영이 되도록 조율하는 과정을 거쳤다. 토론회 역시 매우 좋은 자리이다. 농어민, 학계, 정부가 한자리에 모이는 순간 그들의 머릿속에 있는 생각과 의견들이 잔뜩 쏟아져 나온다. 그래서 토론회가 만들어내는 시너지 효과는 언제나 기대 이상이다. 한자리에 모여 귀를 열고 서로의 생각을 듣고 해결점을 만들어내는 자리, 좋은 정책과 제도를 만드는 일에서는 꼭 빠질 수 없는 과정이다.

나는 국회에 입성한 이후 2014
년까지 공식적인 토론회만 38회
를 개최했다. '가장 토론회를 많
이 하는 국회의원'으로 소문이
났을 정도이다. 토론회의 중요
성에 대한 나의 신념이 분명했고
농어업 현장의 목소리를 담아낼

● 간담회에서

수 있는 간담회, 토론회, 세미나 등을 개최하는 것은 농어민들의 목소
리를 귀 기울여 듣는 매우 적극적인 행동이라고 생각했다.

'잘 사는 농어촌 만들기'가 쉽지 않은 일임은 분명하다. 뚜렷한 비전
과 함께 실제적으로 행동을 하는 사람들이 꼭 필요하기 때문이다. 우리
나라의 농산물 시장은 시간이 갈수록 점점 외국 농산물 개방으로 인해
확대되어 가고, 농업 내 경쟁화 등이 날이 갈수록 심각해지고 있다. 인
력과 자본 부족도 역시 큰 문제이다.

그러나 이것이 아무리 어려운 문제라 하더라도, 이를 단순화하는 단
계를 거쳐서 의지를 갖고 추진해 나간다면 반드시 풀 수 있는 문제이기
도 하다. 잘 사는 농어촌을 만들기 위해서는 어떻게 해야 할까?

먼저 농어가의 생산비를 낮추어야 한다. 자본이 늘 부족한 농민들
의 주머니 사정을 고려해야 하므로 눈썰미와 배려가 꼭 필요하다. 그리
고 농수산물이 제값을 받게 해야 하고 농민들의 소득원을 다양하게 만
들어 주어야 한다. 이를 위해서 나는 정부에 상임위 활동과 대정부 질
의 등을 통하여 구체적인 정책 자금 금리 인하, 농어가 경영비 인하 등
을 요구했다. 특히 2모작이나 3모작 등의 다양한 시도들은 농가소득의

다변화를 위해서 필요한 조치들이다. 농민들이 덜 힘을 들이고 넉넉해질 수 있도록 현재 농가에 무엇이 필요한지 조사했다. 우리 농가가 쌀 등의 단일 품목뿐만 아니라 다양한 품종을 재배하여 넉넉한 살림을 마련할 수 있도록, 나는 기회가 될 때마다 관련 개정 법안을 발의했다.

그럼에도 불구하고 여전히 아쉬운 점은 많다. 2012년 한반도를 강타한 태풍 볼라벤은 농작물에 막대한 피해를 줬다. 비단 태풍뿐만 아니라 이상기후로 인한 농작물 피해보상비용이 수천억 원에 이르는 상황이었다. 농사를 짓다 보면 예상치 못한 여러 기후 조건과 외부적 상황에 처하는 경우가 이렇게 수도 없이 많다.

하지만 기존에 운영 중이던 농작물 재해보험은 제한된 품목, 소멸성 보험, 높은 보험료, 낮은 가입률 등의 문제로 농작물 피해 보상에 한계가 있었다. 구조적 한계가 명확한 상황에서 국회는 근본적인 해결책을 제시하는 것이 아니라 정부의 대응 방식만 질타하고 있었다.

무엇인가 안전하고 실제적인 방법이 필요했다. 낮은 가격으로 다양한 재해로부터 보호받을 수 있는 제도가 절실했다. 그래서 농어업재해보험관리공단을 구상했다. 이것은 국정과제에도 포함되어 순조롭게 진행되는 듯 했으나 우여곡절도 있었다. 국회라는 곳은 정책적인 것만을 다루는 곳은 아니었기에 정쟁으로 인해 관련 법안이 1년간 국회서 계류되었다. 비록 1년이라는 오랜 시간이 걸렸지만 지금이라도 여야가 합심하여 농민을 위한 실제적인 법안을 통과시켜서

• 농업 재해

다행이라고 생각한다.

농림축산식품해양수산위원회는 농민들을 위해 여·야가 따로 없는 상임위로 정평이 나 있다. 이런 상임위조차도 쌀 목표 가격과 관련한 정쟁으로 제 기능을 하지 못했다. 그러나 국회는 민주주의의 장으로서 대화와 협상을 통해, 쌀 목표 가격에 대해서도 의견 일치가 가능하게 만들었다. 앞으로도 나는 필요하면 몇 번이고 야당을 찾아가 설득하며 우리 농민을 위한 정책을 마련하고 우리 농민들이 행복하게 사는 대한민국을 만들 것이다. 농민들의 삶의 수준 향상이 국민 복지의 기준이 되기를 나는 간절히 바라고 있기 때문이다.

잘 사는 농촌 만들기는 나의 운명

국민의 먹을거리와 직접적으로 관련되어 있는 쌀 분야의 전문가의 자격을 갖고 비례대표 국회의원으로 당선이 되었을 때 나는 어느 정도 자신이 있었다. 농업, 그중에서 쌀에 대해서는 국회에 있는 어떤 누구보다도 자신 있게 나의 의견을 피력할 준비가 되어 있었다. 십여 년간 쌀 가공회사를 운영하면서 도정에 관한 모든 과정, 그리고 쌀 유통에 관한 모든 과정들을 몸으로 체감한 경력이 있기 때문이다.

우리가 매일같이 먹는 쌀밥은 그저 만들어진 것이 아니라 농민들의 엄청난 수고와 염려와 기쁨의 결정체라는 것을 굳이 강조하지 않아도 누구나 알 것이다.

잘 사는 농촌을 만들기 위해 중요한 것은 농촌과 농민들을 위한 의정활동은 반드시 확실한 해결과 대안을 주어야 한다는 것이다. 예를 들면, 유통산업발전법이 개정되면 최선을 다해서 긍정적 영향과 문제점을 점검하고, 보완책과 중소유통업의 활성화를 위한 해결방법을 모색해야 한다. 그리고 곡물가가 폭등하게 되면 국내 수급안정대책과 농가들의 소득안정 방안 등을 위해 전문가들과 머리를 맞대고 함께 해결점을 모색해야 한다. 그래서 간담회를 비롯한 정부 부처와의 협의를 거쳐서 나오는 정책들이 소비자의 인식 개선 및 농산물 유통구조 개혁에 보탬이 되도록 늘 노력하고 하고 있다.

그저 인기에 영합한 정책들을 펼쳐놓고 실용성을 따지기 이전에 진정 우리 농업의 미래를 위한 것인지를 중심에 두고 생각한다.

예를 들면, 농촌에서는 흔하게 쌀겨를 볼 수 있는데, 왕겨는 요즘 화장품 등으로도 많이 활용이 되고 있다. 천연화장품을 선호하는 요즘 여성들에게 매우 각광받을 수 있는 아이템이다. 그리고 유기농을 선호하는 여성층에게는 건강하면서도 안전한 화장품 재료가 되기도 한다. 그러나 현행법상으로는 농업부산물로서 사용이 금지가 되어 있었고, 법 개정을 통해서 이를 사용할 수 있게 되었다. 농민들의 소중한 결실이 대중들에게 쉽게 다가갈 수 있도록 길을 열어주는 것이 국회의원들의 역할이기도 하다.

또한 나는 먼 미래를 바라보았을 때 여성 농업인의 역할도 중요하다고 생각한다. 농촌 지역의 일손이 부족해지는 현실 속에서 농촌 여성인력은 매우 중요한 존재로 자리 잡아 가고 있다. 하지만 그에 비해서 여성 농업인들의 사회·경제적인 지위는 열악한 수준이다. 가사 노동까지 부담해야 하는 여성인력들에게 국가가 나서서 그들의 삶을 지지하

● 한국여성농업인의 날
제정을 위한 정책활동

고 역량을 키워주어야 하고 여성 농업인이 미래의 성장 동력이라는 점
을 명심해야 한다. 나는 '한국여성농어업인의 날 제정'을 위한 정책 세
미나 등을 통해 여성 농어업 인력들에 대한 우리 사회의 지원과 배려를
요구하는 활동을 이어가고 있다.

비판보다는 확실한 대안 제시로

현장 경험을 살려서 농민들을 위한 정책 마련에 최선을 다하는 것은 당연한 것이다. 그러나 진정한 전문가는 지식뿐만 아니라 현장 경험을 두루 갖춰서 상황에 유연하게 대처를 해야 하고 무엇보다도 타인에게 인정을 받아야 한다. 나는 아직 완전한 전문가는 아니다. 그러나 나에게 주어진 의정 활동의 시간 동안 전문성을 갖춘 최고의 국회의원이 되기 위해서 계속 노력하고 있는 중이다.

잘 사는 농촌을 만드는 것은 어쩌면 내 인생의 숙제와도 같고 때로는 숙명과도 같은 일이다. 현재 우리 농촌은 위기에 처해 있다. 농촌의 고령화가 가속화되고 후계 인력의 문제 등에 직면해 있다. 더군다나 한·중 FTA 등 농촌을 향한 외부적인 압력 속에서 농촌의 근간이 흔들리고 있는 실정이다. '잘사는 농촌 만들기'는 결코 쉽게 이루어지는 것이 아니다. 획기적인 정부의 정책들은 물론 농민들 스스로도 어려움 속에서 일어나기 위한 노력이 필요한 시기이다.

이런 상황에서 의정 활동을 하기 위해서는 그들의 고통을 대변하고 결실을 만들어낼 수 있는 확실한 대안들이 필요하다. 나는 국정감사를 통해서 농민들의 입장에 서기를 간절히 원했고, 몇몇 의미 있는 성과들을 이루어냈다. 농어민의 눈높이에 맞춰 국정감사에 임했던 것이다. 예들 들어, 국내에는 친환경 민간인증기관들이 많이 있다. 그러나 생각보다 부실하게 운영이 되고 있어서 문제가 있었다. 그리고 그 피해는 고스란히 농민들이 져야 하는 것이었다. 나는 감사를 통해서 친환경농산물 민간인증기관의 부실 인증과 정부의 허술한 사후 관리에 대해서 지적을 하고 이에 대한 조사와 대책 마련을 촉구했다. 그 결과 정부의 부실인증 문제를 방송보도를 통해 알렸다.

국정감사 지적에 대해서 정부는 2013년 10월 「친환경 농산물 인증기관 관리대책」을 발표하였다. 그동안 공익성보다는 영리 목적의 인증 업무를 수행하면서 전문성과 책임의식이 떨어진 부끄러운 모습을 보여 왔던 관련 기관이 개선을 위해 노력하게 된 것이다. 소비자 신뢰의 재고를 위해서 인증기관과 인증 심사원의 자격요건을 엄격하게 정하고 위반 행위에 대해서는 처벌을 강화하여 부실 인증을 방지하는 것에 중점을 두게 된 것이다.

또한 이러한 예도 있다. 나는 감사를 통해서 농촌진흥청 소속 연구관이 민간기업 기술을 탈취한 의혹에 대해 질의하였다. 상대적으로 힘이 약한 농민이 땀 흘려 일하고 그 결과 얻게 된 소중한 기술을 탈취하는 것은 심각한 문제가 아닐 수 없었다. 해당 연구관은 한 여성 기업인

이 운영하는 농자재 업체로부터 연구과제 선정을 미끼로 특허기술 자료를 수집했다는 증거 자료들이 있었다. 또한 해당 연구관은 여성 기업인에게 금품을 요구한 의혹과 함께 과거 특허 출원된 기술을 이용해서 농진청장과 행정안전부 장관으로부터 표창까지 받은 것이었다. 부도덕한 윤리의식을 지닌 연구원과 같은 인물이 더 이상 나와서는 안 된다. 더군다나 국가 예산으로 연구를 수행하는 입장에 있는 자가 국민 앞에서 부끄러운 행동을 해서는 안 될 일이다.

국정감사에서의 질의에 대한 결과로 해당 연구원에 대한 검찰 수사가 진행이 되었다. 수사 결과에 따라 엄중 문책이 되면서 해결될 일이기는 하지만 이러한 일들이 계속적으로 반복되어서는 안 된다. 농진청 소속 연구원들의 연구윤리 강화 방안을 마련하도록 조치를 취했지만, 무엇보다도 농민들과 관련된 국가 기관들에 대한 국민들의 올바른 판단력도 중요하다. 농진청은 세부 연구과제의 책임자도 자주 교체되는 상황이었는데, 모두가 책임 의식을 가지고 내부 규정을 강화하는 방향으로 후속 대책을 취하며 마무리가 되었다.

농촌과 농민들을 힘들게 하는 것은 비단 이런 일들 뿐만이 아니다. 2015년 올해 농협중앙회 국정감사에서 나는 농협의 은퇴 임원, 계열사 임원의 독식 문제들을 지적했다. 최근 5년간 농협 대표이사 퇴직자가 재취업 회계 법인에 몰아준 일감은 63건, 돈으로 환산하면 225억 원에 달한다. 관련 기관들과 공평하게 사업을 진행해야 할 농협이 특정 3개 법인과 계약을 거의 독점하고 있고, 농협에 몸을 담고 있었던 이들이 이들 법인에 재취업해 있는 상황이었다.

세월호 사건 이후 계속 지적받아 왔던 관피아의 관행이 계속되고,

농협 출신들이 계열사의 중요한 자리들을 독식하고 있는 것은 큰 문제이다. 특히 농업무역 등은 수출입 업무를 하고 있어서 외부 전문가의 영입이 불가피한 곳이기 때문이다. 나는 국정감사에서 전문성이 필요한 직위에는 의무적으로 외부 인사 공모를 확대하여, 농협 계열사가 고르게 성장하고 임원들이 더 적절하게 선임될 수 있도록 제도 개선을 촉구했다.

우리 사회에서 알게 모르게 계속되는 요직에 대한 관행, 잃어버린 양심, 책임 떠넘기기 등의 추태가 계속 된다면 농촌은 발전하지 않을 것이다. 농촌 관련 기관의 투명성은 농촌 발전을 위한 강력한 힘이 된다. 누구보다도 농민의 마음을 잘 이해하고 이들의 이익을 대변하기 위해서 노력하는 기관이 되어야 하는 것이다.

○ ● ○

전통 식품,
우리의 문화를 계승하다

○ ● ○

전통주 산업 활성화를 위해 노력하다

쌀 관세화, 한·중 FTA 체결 등 갈등 요인이 상존하고 있는 농업계
의 활로를 개척하기 위해서는 새로운 대안이 필요하다. 나는 이천의 전
통주가 문화와 함께 6차 산업의 상징으로서 농산물의 고부가가치 창출
및 세계화의 소재로 충분하다는 생각이 들었다.

대한민국 역사를 그대로 담아내고 있는 문화유산인 전통주의 국내
판매 비중이 0.5%에 불과하며, 소규모 영세 업체들은 경제적인 여건으
로 인해 소비자가 요구하는 현대적인 감각의 주류병 제작이 어려웠다.
이에 국회와 정부, 기업 그리고 사회단체의 도움으로 라벨과 색으로 차
별화를 둔 공동주병을 개발하고 전통주 산업을 활성화하며 실질적인
진흥 방안을 마련하고자 2013년 8월 '대한민국전통주서포터즈단'이 발
족되었으며, 나는 초대 단장으로서 막중한 책임감을 가지고 활발한 활

● 전통주서포터즈 출범식

동을 전개해 나갔다.

　대한민국전통주서포터즈단의 첫 사업으로 전통주 업계의 오랜 숙원사업이었던 '공동주병개발 및 판로개척사업'이 추진되었고, 농림축산식품부의 지원을 바탕으로 서포터즈단 발족 1년이 지난 2014년 8월에 현대적인 디자인의 술병이 탄생하며 첫 사업의 결실을 맺게 되었다. 공동주병을 활용한 전통주는 신세계백화점 본점 기준 주류 판매 실적에서 전통주 매출이 처음으로 양주(위스키, 코냑, 브랜디 등)를 넘어서게 되는 매우 고무적인 성과를 달성하였다.

　또한 2015년 3월 17일, '대한민국전통주서포터즈단'의 첫 사업인 전통주 공동주병이 세계 3대 디자인상인 'IF 디자인 어워드'를 수상하는 영예도 안게 되었다. 'IF 디자인 어워드'는 독일 레드닷 디자인 어워드, 미국 IDEA 디자인 어워드와 함께 세계 3대 디자인상으로 꼽히며, 60년 이상의 전통으로 국제 디자인 분야에서 권위를 인정받고 있는 상이어서 그 의미가 크다.

나는 대한민국전통주서포터즈단 사업을 진행하며 전통주 진흥을 위해 듣기 좋은 구호만 외치는 것이 아니라 전통주가 활성화될 수 있도록 실질적인 방안을 마련해야 한다고 생각했다. 나는 다른 것과 마찬가지로 이 또한 생각에 그치지 않고 행동으로 실천했다. 바로 서포터즈단의 목표를 더욱 공고히 하고 사회 유력 인사의 관심을 제고하기 위해 국회에서 전통주 전시회를 개최한 것이다. 전시회에서는 서포터즈단의 첫 사업인 공동주병사업의 기획과정과 결과물로 나온 현대적인 디자인의 전통주 상품을 소개하고, 2013~2014년 우리술품평회를 통해 선발된 역대 수상 제품 및 전통주를 활용한 칵테일 등 산업으로서 두각을 나타낼 수 있는 전통주의 잠재력을 보여주며 이목을 끄는 데 성공할 수 있었다.

전통주 산업 활성화를 위한 여러 활동들은 전통주 산업 관련 업계, 학계, 연구계의 결집 및 단합의 계기가 되었다. 그뿐만 아니라 정부, 국회, 기업 그리고 사회단체가 같이 협업하여 창조경제에 기여할 수 있는 모델을 제시했다는 데 큰 의의가 있다.

● 전통주전시회 개막식

대한민국 식품명인대전 주최

음식은 한 나라의 얼굴이
고 이미지라고 한다. 선진국
일수록 그 나라를 대표하는
음식이 있고, 그 음식은 세계
적으로 사랑을 받고 있다. 몇
년 전까지만 해도 한식은 그
저 우리 민족만이 즐기는 음

식이었지만 이제는 해외 어디를 가더라도 우리 한식을 찾아보기가 그리
어렵지 않다.

나는 전통식품 분야가 대한민국 창조 경제를 이끌어갈 수 있는 새로
운 블루오션이 될 수 있다고 생각한다. 특히 식품 산업은 일자리와 수
익을 창출해내는 미래 산업으로서 농·어업 발전에 큰 역할을 할 수 있
을 것이라 확신한다.

하지만 안타깝게도 최근 국내에서는 먹거리가 다양해지고 패스트
푸드 소비가 늘어나는 등 식습관이 서구화되면서 1인당 전통 음식 소
비 감소가 두드러졌다. 이에 따라 식품명인의 제품 등 전통식품 산업이
전반적으로 어려움을 겪고 있다.

식품명인에 대한 가치가 재조명되고, 우리 먹거리가 더욱 사랑받는
계기가 되길 바라는 마음으로 농림축산식품부와 한국농수산식품유통
공사의 후원을 받아 2013년 7월 1일에 '대한민국 식품명인대전'을 주최
했다. 개막식에는 새누리당 김무성 의원, 김을동 의원, 이낙연 의원, 김

춘진 민주당 의원과 이동필 농림축산식품부 장관 등 수많은 내빈들이 참석해 자리를 빛냈다.

농림축산식품부가 공식 지정한 대한민국 식품명인 44인이 참가해 '오천 년 역사를 이어온 한민족의 맛'이란 주제로 전시회를 열고 식품명인제품과 한과작품 전시, 다양한 체험행사를 열었다. 그리고 농식품부에서는 '식품명인 활성화 방안'으로 식품명인을 6차산업인으로 육성·지원, 식품명인관·식품명인 전용몰 설치, 식품명인 후계자 양성 지원 등을 발표했다. 이러한 행사가 기폭제가 되어 건강에 좋고 우수한 우리의 전통식품이 세계적으로 사랑받을 수 있는 계기가 되었으면 하는 바람이다.

○ ● ○

여성이 살아야 나라가 산다

○ ● ○

목소리를 내는 여성, 세상을 살리는 여성

지금까지 정치를 하면서 나는 내 일에 최선을 다하면 되는 줄로만 알았다. 하지만 여성 정치인으로서 살며 알게 된 사실이 있다. 여성이 목소리를 내면 자신의 자리를 찾을 수 있다는 것이다. 이제는 여성들이 목소리를 내야 할 때이다.

올해 여성가족위원회 예결위 소위에서 나는 여성·가족·청소년 관련 '여성가족부 2016년 예산'의 대폭 증액을 이끌어 내었다. 아이 돌봄 지원(460억 원 증액), 청소년 사회 안전망 구축(40억 원 증액), 자유학기제 전면 시행 대비 농촌지역 진로·직업 프로그램 운영 지원(20억 원 증액), 청소년 방과 후 활동 지원(급식비 단가 현실과 종사자 처우 개선 등 19억 원 증액), 건강 가정지원센터 지원(28억 원 증액), 고비용 혼례문화개선(10억 원 증액), 결혼 이민자 종사자 인건비(10억 원 증액)를 증액하였다. 앞으로도 일과 가정의 양립을 위한 가족 지원 서비스 및 여성의 경제활동 참여를 확대하기 위한 노력, 청소년 보호와 지원, 양성평등 정책 기반 강화 등을 위해서 적극적으로 노력할 것이다.

● 여성가족위원회 예산소위에서 회의 중이다.

이 시대의 여성 인력은 빼놓을 수 없는 중요한 인적 자원이다. 나 역시도 정치라는 남성적인 세계에서 여성 정치인으로 활동하면서 겪게 되는 어려움들이 있다. 그러나 여성이기 때문에 남성들이 보지 못하는 부분에 대한 예리한 통찰력이 있고 섬세하다는 평을 받는다. 그런 의미에서 미래를 위해 여성인력을 개발하는 것은 매우 중요한 일이다.

우리 농어촌에서도 여성들의 파워는 나날이 커지고 있다. 특히 여성 농어업인의 발굴은 매우 의미가 있다. 그래서 계속 되고 있는 중요한 일들 중 하나는 여성들을 위한 프로젝트이다. '여성 농업인 인재 발굴 멘토링 프로젝트' 같은 프로그램을 만들어서 곳곳에 숨은, 능력 있는 여성들을 찾아내자는 의도이다. 이러한 멘토링 프로그램은 농협, 수협, 산림 조합 내에서 활발하게 활동 중인 여성 임원과 여성 농어업인을 멘토로 연결하는 것이다.

● 여성농업인

선배 여성 농업인이 조합원 가입의 필요성을 깨닫고, 한 걸음 더 나아가 임원 진출의 사회적인 의미 등을 교육하며 이를 통해서 여성 농어업인들이 활발하게 사회활동을 할 수 있도록 돕는 것이 주요한 내용이다. 능력 있는 여성들이 더 많이 드러나도록 희망을 주자는 취지이다.

농업과 농촌의 환경은 나날이 달라지고 있다. 도시도 마찬가지이지만 농촌에는 여성을 위한 복지 시설이 많이 부족하다. 육아를 하고 아이를 교육시키기에도 벅차기 때문에 자신의 능력과 소신을 펼쳐가면서 사회에서 일하는 것은 사실 꿈도 꾸지 못하는 일이라 여긴다.

하지만 나 자신도 가정에서 전업 주부로 일하였던 시절이 있었고, 사회에 진출하여서 무엇을 어디에서부터 시작해야 하는지 난감했던 시기도 있었다. 그러나 여성들에게 있는 특유의 센스와 감각은 농어촌 분야에서도 유감없이 발휘할 수 있는 부분이다. 여성들만이 갖고 있는 섬세함과 꼼꼼함은 농어촌의 보이지 않는 분야에서 실력 발휘를 할 수 있는 토대가 될 수 있다.

현재의 농업은 생산 중심에서 가공, 유통, 농촌 관광 등으로 영역이 확대가 됨과 동시에 세분화되어 가고 있다. 이런 시기에 전문적인 지식과 농업에 대한 자부심을 갖춘 농어업인 여성들의 활약은 더욱 두드러질 수 있을 것이다. 예를 들면, 여성 농어업인을 공동 경영주로 인정하여 적극 육성을 한다든지 점점 고령화되어 가는 농촌에서 이주민 여성들을 농업 후계자로 육성하게 된다면 이보다 좋을 수는 없을 것이다. 다가오는 시대는 섬세함과 감수성 그리고 관계 지향적인 특성을 가진 여성 인력들이 꼭 필요한 때이다. 농어업 여성들의 학력도 점점 높아지고 의식 수준도 높아지고 있는 현실에서 소중한 인력들을 소중하게 대접할 나라의 정책과 배려가 필요하다. 이들은 숨어있는 농어촌의 일등 공신들이기 때문이다.

그러나 아쉬운 것은 여성 농업인의 경우 남편과 함께 농사를 지어도 경영주가 아닌 보조자 위치에 있는 경우가 많고, 농업 경영주 지위에 있다고 하더라도 대부분 영세한 규모이거나 수익성 낮은 작물의 재배를 하는 경우도 꽤 많다는 점이다. 이런 여성들을 위한 실질적인 복지가 필요하다.

● 여성농업인 역할 강화를 위한 심포지엄

일단 여성 농업인의 교육 참여율을 높이고 국가 차원에서 농어업 생산 향상에 대한 교육이나 컨설팅을 지원하는 등의 정책이 필요하다. 또한 아이를 낳아 키우는 여성들의 특성상 노동과 함께 육아를 같이 병행하기가 쉽지가 않다. 우리나라는 만 5세 이하 무상 보육이 전면 시행되면서 보육시설을 이용하는 아동은 무상으로 보육을 받을 수 있도록 기회가 확대가 되었다. 하지만 안타깝게도 아직 농어촌에서는 무상보육을 받을 수 있는 시설도 많지가 않다. 전체 읍·면 1,412개 가운데 어린이집이 아직 없는 읍·면 수는 441개로 조사되었다. 그리고 일부 농어촌 지역 읍·면의 약 31%는 보육시설이 아예 없는 것으로 나타났다. 그럼에도 불구하고 경제적으로 어렵기 때문에 맞벌이 부부인 경우가 많다. 근본적으로 아이를 키우기 어려운 환경인 것이다. 나는 특히 농업인의 경우에는 맞벌이임을 증명하는 방법이 아이 돌봄 지침에 반영되어 있지 않고 있음을 늘 지적해 왔다.

도시와 농촌 간의 격차가 점점 심각해지고 이로 인해서 여성 농업인들의 어깨는 점점 무거워진다. 여성농업인들은 농사와 가사와 육아의 삼중고를 겪고 있음에도 불구하고 여성가족부의 정책은 여전히 도시에 중점을 두고 있다는 점이 안타깝다. 맞벌이 증명이 어려운 여성 농업인의 경우에도 맞벌이 증명 방안을 지침에 포함시켜 방법을 몰라서 보육시설을 이용하지 못하는 경우가 없도록 해야 할 것이다.

나는 대한민국 여성들이야말로 진짜 스마트하다고 생각한다. 세계 어느 곳에서 산다 하더라도 한국 여성들이야말로 강하고 굳세게 살아갈 사람들이다. 비단 농업 분야뿐만 아니라 어느 분야에서도 마찬가지이다. 나는 20년을 농업회사 법인을 운영해 온 경영자로, 또 현미를 대중화하기 위한 즉석 도정기 개발 등 쌀 관련 제품을 출시하기 위해 40여 종의 산업 재산권을 취득한 여성 발명가로서도 인정을 받았다. 10년 넘게 이사, 부회장 등으로 대한민국 여성들의 창의력 개발을 위한 활동에 힘써 왔다. 여성 발명가라는 이름은 정말 멋진 것이라 생각한다.

아기자기하고 짜임새 있게 무엇인가를 잘 만들어 내는 여성들. 이러한 여성들이 자신의 일을 열심히 하는 것은 매우 중요하다. 하지만 여성들도 이제 스스로 기회를 찾아야 하는 시대가 왔다. 더 넓은 관점과 시야를 갖고 다른 사람들과의 교류와 공감과 소통을 통해서 목소리를 내는 중요한 사람이 되는 것이 이 시대가 요구하는 여성상이기도 하기 때문이다. 혼자서 헤쳐 나가기는 힘들다. 하지만 함께하면 함께 성장해 가는 것이다. 조직에 있다면 조직에서 최선을 다하고 외부활동에도 적극 참여하여서 자신의 발전과 경력에 도움이 될 만한 일이 있다면 적극적으로 취해야 한다. 그래서 자신의 것으로 만들어야 한다. '나눔'과 '공감'이 무기인 여성들이 이 사회 속 곳곳에 호흡을 불어넣고 살려내야 하는 것들이 너무나 많이 있기 때문이다.

여성들이여 일어나라, 여성 임원 할당제

2015년 봄. 국회의원 회관에서 나는 지난 해 말 농협법 일부개정안 통과로 여성 임원 할당제의 시행을 앞두고 전문여성농어업인의 지위 향상과 여성 임원제 활성화 방안을 논의하는 토론회를 열었다. '여성조합원 수가 30% 이상인 농협은 이사 1인 이상을 여성조합원으로 해야 한다.'는 내용을 포함한 농수산림 조합법 개정안이 2014년 말 국회를 통과해서 여름부터 시행되기 시작했다. 여성들이 사회 조직체의 당당한 임원으로 자리 잡고 역량을 발휘하게 하기 위한 노력이었다.

외국의 경우는 여성 임원할당제 도입을 한 후 여성 임원의 비율이 높을수록 기업 내 여성 근로자의 비율이 높아졌다는 통계자료가 있다. 또한 여성 임원의 비중이 높은 국가일수록 소득에서의 불평등이 낮아진다. 농촌 인구의 감소와 노령화로 여성농업인들의 역할이 점차 커져가고 있는 상황에서 법 개정의 의미는 더욱 크다. 선진국에 비해서 늦은 감이 있지만 토대는 마련한 셈이다. 이것은 실로 세계적인 추세이기도 하고 조직의 유연성과 생산성을 높일 수 있는 방편이라고 생각한다.

이 법안이 통과가 되어 전국 400여 명의 여성이 임원으로 활약하게 되고 이로 인해 여성농어업계는 큰 바람이 불게 될 것이다. 여성 농업인들의 여러 가지 어려움들을 대변하고 동시에 임원으로서도 최선을 다할 인재들이 빛을 발하게 될 날이 기대가 된다.

하지만 중요한 것은 여성 스스로의 노력이다. 여성 임원할당제는 조직체에서 주인 의식을 갖기 위한 필요조건이다. 하지만 아무리 좋은 제도도 이를 실천할 본인 스스로가 역량을 갖고 있지 않으면 어렵다. 여성 임원 그리고 조합원들이 힘을 합해서 여성조합원 맞춤형 조합발전계획을 위한 토론회나 간담회를 마련해서 스스로 실력을 키워가도록 노력해야 한다. 그리고 국가 차원에서도 여성 농업인을 위한 차별화된 교육 과정을 개발하고 운영을 해야 한다. 구슬이 서 말이라도 꿰어야 보배이기 때문 아니겠는가?

여성들은 남성들과 달리 관계 지향적이다. 나는 그것이 여성들이 갖고 있는 진짜 강점이라고 생각한다. 본능적으로 경쟁적인 남성들보다 조화로운 네트워크를 잘 형성하고 발전을 위해서 서로 함께하려는 의식이 강하다. 그런 점을 십분 활용해 보는 것이다. 그래서 여성 농업인 간의 네트워크 구축 지원을 통해서도 여성대의원과 여성 임원 진출을 모색해 볼 수 있을 것이다. 그리고 협동조합에서의 교육을 통해서 조직 내에서 필요하고 세련된 능력을 갖춘 임원들을 길러낼 수 있지 않을까.

'언제나 장기적인 관점이 필요하다.'

언제나 정책을 마련할 때 나의 머릿속에서 떠나지 않는 생각이다. 이 땅, 대한민국에서 그리고 농어촌에서도 나라를 위해서 열심히 뛸 수 있는 인재가 나올 수 있다. 충분히 가능한 일이다. 교육을 통해 여성 농어업인들이 진정한 목소리를 낼 역량을 갖출 때까지 나는 부모님이 되고 선생님과 같은 역할을 하면서 그들과 함께 뛰어갈 것이다.

○ ● ○

고통받는 이들을 위해
일하다

○ ● ○

농어민의 아픔을 보듬으며

내가 '새누리당 최초의 농업 비례대표'로 선출된 것은 아마도 과거의 성과 때문일 것이라 생각한다. 15년 전 남편의 사업 실패로 경제 일선에 나설 때 나의 머릿속에는 단 한 가지 생각뿐이었다. 어떻게 하면 맛있는 쌀을 먹을 수 있을까? 이렇게 단순한 질문에서 시작된 사업은 '도시에서 바로 찧어 먹는 쌀'을 내세워서 성공을 거두었고, 이것을 바탕으로 해서 쌀 가공과 관련된 여러 다른 사업에서도 성과를 낼 수 있었다. 하나의 작은 생각이 꼬리를 물고 다른 연구를 하게 만들었고, 쌀 판매 경험에서의 성공을 통해서 쌀을 생산하고 판매하는 농민들의 마음과 현실적인 상황들을 실제적으로 바라볼 수 있도록 만들어 주었다.

그리고 이제는 새누리당 최초의 농업 비례대표로서 그동안 이룬 성과들을 농어민과 국민들에게 나누어주어야 할 때라는 생각이 들었다.

그간 쌀의 블루오션인 현미를 대중화하는 즉석 도정기 개발 등 쌀 가공과 관련된 실용신안을 만들고, 대형 마트에 농산품을 납품하면서 농촌 현실의 문제뿐만 아니라 농산품을 유통하는 과정에서도 문제점이 많다는 것을 직접 체감하게 되었다는 것. 그리고 이런 현장 경험은 정책을 설정하는 데에 있어서 많은 도움이 되었다.

그러나 막상 국회의원으로서 농어업정책들을 바꾸고 이를 관철시키기 위해서 무엇을 어떻게 해야 할지 막막했다. 어디에서부터 손을 대야 할까? 무엇을 해야 효과적인 방법들을 선택할 수 있을까? 배움의 시작이었다. 그래서 나는 국회의원의 법적 권한인 입법, 심사, 예산 심의 의결 등에 대한 공부를 하기 시작했다. 그냥 머릿속에 지식을 넣고 끝나버리는 공부가 아니라 실제적인 결과들을 만들어내야 하는 작업들이기 때문에 바짝 긴장을 했다. 생각 외로 공부를 할 수 있는 시간은 많지 않았고 복잡하기까지 했다.

그리고 더 나아가 농림수산식품위원회(현 농림축산식품해양수산위원회)를 선택하여 상임위 활동을 하면서 선배와 동료 의원들로부터 정치인으로서 농어업 현안을 해결해나가는 방법들을 배워나갔다. 지금 농민들에게 가장 필요한 점이 무엇인지를 정확하게 알아야 했고, 현실적인 방법들을 꾸준하게 헤아리며 아이디어를 만들어나가야만 했다. 노력한 만큼 결과는 달라지기 때문이다.

먼저 '농어업 현장과 소통하는 정책'을 마련하려 애썼다. 현장에서 체감을 해 보니 지금까지의 농어업 정책은 '그들만의 정책'이었다. 농민들이 피부로 느낄 수도 없을뿐더러 뚜렷한 관심조차 가질 수 없는 현실이었다. 정작 농어민들은 중앙에서 만든 정책에 대해 잘 알지 못한다.

그렇게 되면 아무리 잘 만든 정책이라도 활용성이 떨어질 수밖에 없다. 더 이상 농어업 정책은 위에서 아래로 내려오는 경직된 구조여서는 안 된다고 생각했다. 아래에서 위로 전달이 되고, 무엇보다도 농민들의 고민을 충분히 반영한 것이어야 했다. 그렇다면 어떤 방법이 필요할까? 이렇게 하기 위해서는 모든 정책과 법안을 만들 때 농어민단체 등과 협의를 해서 함께 머리를 맞대야 한다. 그렇게 해야만 모두가 만족할 수 있는 정책이 나올 수 있게 되는 것이다.

그다음으로 '잘사는 농촌'을 만들어야 한다. 아직까지도 우리 국민들은 농어민들이 도시에 있는 사람들보다 월등하게 생활수준이 낮다고 생각한다. 문화적인 것이나 교육적인 부분에서의 혜택도 마찬가지라고 생각한다. 물론 경제적인 부유함을 모든 사람들이 똑같이 나누어 가질 수는 없다. 그러나 우리나라의 식량 자급률이 23%밖에 되지 않고 현재는 대부분 수입에 의존하고 있다. 따라서 2모작, 3모작을 통한 식량 자급률 증가만으로도 농어촌 가정의 소득을 증대시킬 수 있다. 1차

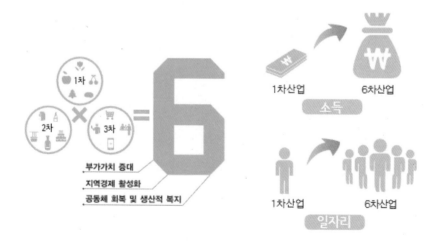

● 6차 산업

생산에서 벗어나 2차, 3차 산업화를 연계한 6차 산업화를 통해서 부가 가치를 올리면 충분히 '잘사는 농어촌'을 만들 수 있다.

'살기 좋고 깨끗한 농어촌 마을 만들기'를 정책의 목표로 삼아야 한다. 과거에 비해서 대한민국의 농촌은 이제 비교적 깨끗한 주거환경을 갖게 되었다. 그런데 주거환경 시설의 개선은 단순한 거주의 변화 이상의 의미가 있다. 아직 개발이 상대적으로 덜 된 지역에 거주하는 농민들은 심리적으로 많이 위축되어 있다. 낙후된 주거 환경에 처한 농민들일수록 농어촌 삶의 질 향상에 대한 기대와 희망을 외면하고 있기 때문이다.

농어촌의 주거 환경이 개선되어야 농민들과 어민들의 마음의 문이 열릴 수 있다. 그리고 농어촌의 이미지도 좋아져서 농어업 후계 인력을 적극적으로 육성하고, 도시에서 살다가 귀농과 귀촌을 결심하는 분들에게도 기대감을 심어줄 수가 있을 것이다. 사실 지난 2012년 대선

● 농어촌 리모델링

은 이러한 농촌 주거환경 개선이 현실화되는 절호의 기회이기도 했다. 박근혜 대통령 대선 후보 시절에 농정공약으로 건의한 '농어촌 마을 리모델링 사업'이 대선 공약으로 채택이 되어 사업과 정책을 추진하는 데 순풍을 달 수 있었기 때문이다.

　사실 이 법을 만드는 것이 가능했던 것은 내가 직접 현장을 직접 뛰며 농어촌마을을 살피고 그들의 생활 여건을 눈으로 보았기 때문에 가능했던 것이었다. 정책은 위에서 아래로가 아닌 아래에서 위로 가야 한다. 그래서 일을 할 때 항상 현장부터 살피는 것이 중요하다. 농어촌민들을 위해 만든 법이 실질적으로 활용되는 것이 무엇보다 중요하기 때문이다. 이 법 또한 그러한 나의 생각이 반영되었다.

　의원실과 부처 공무원들의 적극적인 협업으로 '농어촌마을 주거환경 개선 및 리모델링 촉진을 위한 특별법'을 발의했고, 2014년 시범 사업에 이어서 2015년 본 사업을 진행하고 있다. 농어촌의 아름다운 집들을 만들어주는 문제는 사실 인간의 기본적인 삶의 질 향상에 큰 영향을 미치는 것이다. 나는 낙후된 농촌마을 주거 환경을 계획적으로 정비하도록 법적 제도를 마련하는 것에 그치지 않고 이를 현실화할 수 있도록 예산 550억 원을 확보하는 데 성공했다.

현재 농어촌에는 농민들뿐만 아니라 무의탁 독거노인, 장애인, 다문화가정 등 소외 계층이 상당수 포함되어 있다. 사람의 마음을 보듬는 인간적인 정책은 이들에게 농촌 생활에 대한 꿈과 희망을 다시 심어줄 수 있다.

이는 내가 열심히 일을 할 수 있도록 항상 힘을 준 농어촌민들의 격려가 있기에 가능했다. 나는 다른 것은 몰라도 내가 받은 도움에 대해서는 적어도 받은 만큼 주어야 한다고 생각한다. 특히 시민들을 위해 선한 일을 할 때는 그 이상을 주어야 한다는 마음을 항상 가지고 있다. 나의 이러한 노력으로 농어촌민의 생활이 윤택할 수 있게 되어 농어촌민에 대한 나의 마음이 조금이나마 표현된 것 같아 기뻤다

2015년 연말, 나는 농업계의 가장 큰 숙원 사업인 무역이득공유제 도입을 관철하기 위해 지속적으로 노력해왔다. 무역이득공유제는 자유무역협정(FTA)으로 인해서 수혜를 받는 기업의 이익 일부를 환수하여 농어업 등의 피해 산업을 지원하자는 취지로 만들어진 제도이다. 지난 4년간의 지속적인 노력 끝에 여야정협의회에서 무역이득공유제 대안으로 향후 10년간 총 1조 원의 기금을 조성하기로 하고 본회의에서 결의안을 채택하였다.

향후 기금은 민간기업, 공기업, 농·수협 등의 자발적인 기부금을 재원으로 조성하게 되는데, 만약 자발적인 기금 조성액이 연간 목표에 미달할 경우에 정부는 그 부족분을 충당하도록 필요한 조치를 명문화하

여 제도의 실효성을 높이게 되었다.

특히, 나는 농어민에 대한 간접적인 지원이 아닌 직접 지원 사업을 실시할 것을 정부에 건의했다. 그래서 ▶농어촌 자녀들을 위한 장학 사업 ▶농어촌 의료·문화 지원 사업 ▶주거환경 개선사업 ▶농수산물 상품권 사업 등 농어민들에게 호응이 좋은 사업들을 진행해 나갈 계획이다. 그동안 나는 무역이득공유제 도입을 공동 발의하였고, 국정감사·인사청문회·법안 심의 과정에서 무역이득공유제 도입을 지속적으로 요구하는 등 무역이득공유제 전도사 역할을 자처해 왔다. 다양한 대안을 제시하여 이번 농어촌상생기금 1조 원을 이끌어내는 데 견인차 역할을 하였다.

이번 대책이 농어민들이 보시기에는 부족한 부분이 있을지도 모른다. 하지만 정부와 기업의 반대를 무릅쓰고 어렵게 관철한 대책인 만큼 농어민들에게 조금이나마 위안이 되었으면 하는 바람이다.

농어가를 위한 농업정책보험금융원

　태풍과 이상 고온 현상 등의 기상이변으로 농어가의 피해가 해마다 커지고 있는 상황에서 그동안 농협, 수협 등이 시행해온 농어업재해보험은 낮은 가입률, 소멸성 보험료 등으로 인해 제 기능을 하지 못하고 있는 상황이었다. 그뿐만 아니라 기존의 민간 재해보험 운영은 실질적으로 농민들이 원하는 보험 상품이 개발되지 않았고, 손해평가 전문 인력 부족으로 인해 재해 이후 신속한 보상이 지연되는 문제가 있기도 하였다. 이에 고민하던 나는 2013년 5월, 농어업재해보험의 효율적인 관리와 감독을 위한 농어업정책보험공단 설립과 재해보험 상품의 연구 개발, 손해평가 인력의 양성을 주요내용으로 하는 '농어업재해보험법 일부개정법률안'을 발의하였다.

　발의 1년 후인 2014년 5월 29일, 재해보험의 공공성 확보와 농어가 이익 제고를 위해 발의한 '농어업재해보험법 일부개정법률안'의 수정

안이 드디어 본회의에서 통과되었다. 이에 따라 (구)농업정책자금관
리단이 농업정책보험금융원으로 명칭이 변경되어 새로이 출범하였고,
인원 충원 예산 등을 포함한 추가 예산이 필요할 것을 예상한 나는 총
예산 29억 7천만 원을 추가로 확보하였다.

　　최초에는 재해보험전담 기관의 설립을 목적으로 하였으나, 여러 가
지 사정으로 인해 농업정책자금관리단에 업무를 추가 하게 된 점은 아
쉽지만 구조적 한계가 있던 기존 농업재해보험체계를 정부에서 관리
하게 된 것은 큰 의미가 있다. 공단이 재해보험을 전담으로 관리하면
전문손해평가인력을 양성하여 농어업재해보험의 활성화에 도움이 될
것이며, 전문가를 통한 손해평가로 농어가에 실질적인 이익을 제공할
수 있을 것이다.

　　농어가에 있어 농업과 어업은 생계를 유지하는 수단이 된다. 이러
한 수단이 천재지변이 일어났을 때 막대한 손해를 입게 된다면 그분들
의 고통은 무척이나 클 것이다. 그렇기에 농어민들이 힘든 상황에 부

닥쳤을 때 그 어려움을 헤쳐 나갈 수 있는 제도적인 돌파구를 견고하게 마련해야겠다는 생각을 했다. 이렇게 할 수 있었던 까닭은 농어민들을 위해 일하겠다는 구호만 공허하게 외친 것이 아니라 그분들께 실질적인 도움이 되기 위해 발로 뛰었기에 가능했던 것이다.

적조현상을 통해 본 어민들의 현실

2013년 여름 전남 고흥 연안에서 발생한 유해성 적조는 강원도 해역까지 빠르게 확산이 되었다. 적조는 51일간 지속되었고 지난 10년 중 가장 큰 어업 피해 규모를 기록했다. 그리고 2013년 9월 기준으로 어패류 약 2,819마리가 폐사를 했고, 피해 금액은 약 247억 원으로 2003년 이후 가장 큰 규모였다. 뜻하지 않은 적조로 인한 어민들의 고민은 이만저만이 아니었다. 가두리 양식장의 경우 물고기들이 떼죽음을 당하기도 했으며, 죽은 고기 떼를 처리하는 과정도 힘겨워 이중고를 겪게 했다. 예상하지 못한 상황에서 어민들의 근심은 상상 이상이다. 또한 적조로 인해 독성 물질이 축적된 어패류를 사람이 섭취하게 되면 중독 증상을 보일 수 있기 때문에 더욱 심각하다고 할 수 있다.

지난 2014년 우리나라는 잊을 수 없는 일을 겪게 되었다. 진도 앞바다에서 어린 영혼들을 묻은 부모님들의 마음만큼이나 많

● 적조현상

은 국민들이 안타까운 심정을 갖게 되었을 것이라 생각한다. 실제로 세월호 참사는 과거로부터 쌓여 온 적폐들을 바로잡지 못한 데에서 일어난 일이다. 그동안 공직사회뿐만 아니라 민간에서조차 '선 혜택 후 취업'이라는 용어가 생길 정도로 비정상적인 관행과 편법이 고착되어 있다.

역대 정부 역시 비판에서 자유로울 수는 없다. 지난 1999년에는 운항 안전관리 규정에서 내항 여객선을 제외했는가 하면 2009년에는 해운법 시행 규칙을 바꿔 선박 연령을 최대 30년까지 가능하도록 하면서도 노후 선박에 대한 관리 감독 기능은 상실하여 제대로 점검하지 않았다. 지금 국민들은 공무원들의 무책임과 보신주의에 분노하고 있다. '관피아'라든지 '철밥통' 같은 부끄러운 용어들은 우리 사회에서 완전히 추방되어야 할 것이다. 1948년 정부 수립 이후 배고픔을 면하기 위해 앞만 보고 살아오면서 생겨난 나쁜 관행들과 비정상적인 것들을 이제 바로잡아야 하지 않을까?

해양수산 분야에도 역시 깊은 관심과 애정을 갖고 일해 온 것도 이런 이유들 때문이었다. 특히 적조대응 정책의 근본적인 전환을 위해서 노력했는데, 해양수산부의 신속하지 못한 적조 예보 시스템의 기능을 강화하고 황토 이외의 적조구제 신물질 개발을 촉구했다. 해양수산부 국정감사를 통해서 해수부가 적조 관련 대책에 대해서 많은 예산을 사용했다는 것을 알게 되었으나, 이에 대한 뚜렷한 대책이 마련되지 않고 있었다. 10여 년간 약 530억 원 이상의 예산이 투입되었고, 적조로 인한 피해액도 1,600억 원을 넘겼는데 해수부는 적조 문제가 발생할 경우에 단순히 황토를 살포하는 등 단순한 대책으로 일관하고 있었다. 이것은 사실상 문제를 방기한 것과 같았다.

● 적조예방

주먹구구식 운영은 언제나 새로운 문제점을 낳는다. 전문가가 나서서 이 문제에 대한 적극적인 조사와 함께 과학적인 대책을 마련하는 것이 급선무였다. 당시 해양수산부로부터 제출받은 자료를 보니 2004년 10월 제정된 '적조 구제 물질 장비의 사용승인에 관한 고시' 이후 적조 구제 물질로 사용된 것이 고시 제정 이전부터 사용된 것들인 것으로 나타났다.

이에 대응하기 위하여 적조 예보 체계를 주의, 경보로 이루어진 2단계에서 '관심' 단계가 포함된 3단계로 강화하는 대책을 마련했다. 적조는 예방이 가장 중요한 것이기는 하지만 일단 발생하고 나면 신속한 대응이 가장 중요하기 때문이다. 무엇보다 체계적인 예보 체계가 우선되어야 초기 대응도 효과적으로 수행할 수 있다.

또한 해수부에서 유일한 적조제거 방법으로 활용하고 있는 황토 관련 예산은 10여 년에 걸쳐 약 530억 원 규모였고, 살포된 황토는 1996년 이후 100만 톤이 넘고 있다. 그러나 이러한 조치에도 불구하고 적조가 처음 발생한 1996년 이후 어패류의 폐사량은 백만 마리가 넘는다고 한다. 그리고 그 피해액도 1,600억 원을 넘는 실정이어서 실제로 황토의 적조 구제 기능은 의심이 갈 수 밖에 없었다.

나는 2013년 당시 적조물질 전문가인 국립경상대학교 김상재 교수를 감정인으로 신청하여 적조 구제 기능과 문제점에 대해서 집중적으로 입증을 벌였다. 또한 해수부로부터 제출받은 자료에 따르면 2004년 10월 제정된 '적조 구제 물질 장비의 사용 승인에 관한 고시' 이후 현재까지 적조 구제 물질로 사용 승인된 것은 자연 황토, 전해수 살포기, 적조 제거기, 제트스트리머 등 4건에 불과했다. 게다가 이것들은 고시 제정 이전부터 활용되었던 것으로 드러났다. 그동안 적조 문제에 대해 해수부는 사실상 방기를 했다고 할 수 밖에 없었다.

보다 구체적인 해결방안이 필요했다. 해수부는 적조 문제에 대해서 전근대적인 적조 관련 연구 행태를 계속하고 있었고 과학적이고 합리적인 해결방안을 내놓지 못하고 있었다. 적조는 우리 어업의 중요한 해결 과제이다. 사람의 힘으로 할 수 없는 부분을 위해서 과학자들과 정치인 그리고 해당 기관은 힘을 한데 모아야 산다. 포기해서는 안 되는 일이다. 그래서 나는 적조 문제 해결을 위해서 적조가 자주 발생하는 해역을 오염물질 총량 구제 등을 실시할 수 있는 특별관리 해역으로 지정할 수 있도록 하는 해양환경관리법 일부 개정안을 제출하여 통과시켰다. 적조가 자주 발생하는 지역을 특별관리 해역으로 지정하여 오염물질 총량 규제 등을 실시하도록 하는 해양환경 관리법이다.

아열대화로 인한 수온 상승이 원인인 적조는 점점 더 그 피해 지역이 넓어지고 있다. 게릴라처럼 등장하는 적조 현상으로 인하여 겪는 어민들의 고통은 해가 갈수록 늘어만 간다. 거의 전쟁을 방불케 하는 적조 수습은 안 그래도 어려운 어업 현실 속에서 농민들의 삶을 더욱 어렵게 하고만 있어서 안타까운 일이 아닐 수 없다.

적조 대응 정책은 근본적인 사고의 전환이 필요한 부분이다. 깊이 파고들어 문제를 해결하는 적극적인 인력이 필요한 부분이기도 하다. 현장의 목소리에 귀를 기울이고 그리고 직접 발로 뛰어가며 실질적인 지원책을 마련하기 위해 오늘도 나는 바다를 향해 고개를 돌린다.

○ ● ○

약자를 위한,
미래를 위한

○ ● ○

생명의 푸른 농촌, 그러나 지금은

언제부터인가 우리나라는 자살 1위 국가라는 오명을 쓰기 시작했다. 물질은 풍부해지고 누리는 것은 점차 많아졌지만, 가진 자들은 더욱 많이 갖고 없는 자들은 더욱 없어지는 양극화 현상을 심각하게 겪은 지는 이미 오래이다.

그것은 우리의 농촌에도 비슷하게 적용이 된다. 언제나 나의 마음을 아프게 하는 것은 농촌에서 생활고에 시달리다 못해 농약을 먹고 자살을 시도하는 농민들의 기사이다. 내가 농림축산식품부로터 받은 자료에 따르면 최근 남성 농업인을 대상으로 농약 노출도를 조사한 결과 중독 증상을 호소한 사람들이 상당수 많이 있었다는 점이다. 특히 분석 대상자 중에는 노인 우울척도가 8점 이상인 '우울 증상군'은 10%에 달했다. 이 연구는 농약 중독 위험이 높을수록 우울 증상을 나타낸다면서 중독으로 인한 자살 충동 유병률이 8%가 넘는다고 한다. 또한 중증 이상의 농약 중독 경험이 있을 때 자살 위험은 2배 가까이 높아지는 것으로 나타났다.

그리고 농촌에는 농약 중독뿐만 아니라 농업인을 자살로 몰고 가는 또 다른 이유가 있다. 바로 생활고다. 이 문제는 우리 사회 모두가 함께 안고 가야 할 문제이다. 도시에 비해 상대적으로 소득 수준이 낮은 농민들의 생활고로 인한 자살 문제를 대하면서 우리 사회에서의 약하고 가지지 못한 자들에 대한 마음에 안타까울 때가 정말로 많다.

생명의 소중함에 대한 사람들의 무관심이 극에 달한 이 사회에서 국회의원으로서 내가 해야 할 일은 무엇일까라는 생각이 늘 내 머릿속에서 맴돈다. 사회적 약자를 돌보지 않고, 힘없는 존재들을 외면하는 자들은 여전히 많이 있다. 그리고 재산이 있든지 권력이 있든지 간에 사람들은 모두 자신의 것보다 더 많이 소유하고 소비하려는 욕망이 가득하다.

그렇기에 사람의 마음을 깨끗하게 하는 푸르른 농촌에서, 삶에 절망감을 느끼고 자살하는 인구들이 늘어나는 것은 안타까운 일이다. 도시인은 물론 생명의 젖줄인 농촌에서, 사람을 살리는 정책들을 이어나가려는 다짐을 계속해 본다.

사실 개인적으로 작년에 우리 사회를 힘들게 했던 세월호 참사 때 자녀들을 거친 바닷속에 묻고, 정부에 제대로 된 지원조차 받지 못하며 끊임없이 언론의 질타를 당해야만 했던 유족들에 대한 안타까운 마음이 있다. 그들을 적극적으로 도울 수 있는 상황은 못 되었지만, 그들에게 남아있는 아름다운 삶을 희망으로 채워주고 싶다는 마음이 들었다.

'초록 새싹과 함께하는 희망 회복 캠페인'은 그러한 취지로 만들어진 행사였다. 한국농축산연합회와 화훼단체협의회와의 공동 주체로 열린 이 행사는 세월호 참사의 아픔을 딛고 국민에게 희망의 메시지를 전하자는 취지로 개최된 것이다. 1948년 정부 수립 이후 조국 근대화와 녹색 혁명에 기여했던 농수산업을 통해서 온 국민이 함께 평화와 회복, 그리고 희망의 정신을 나누며 이런 행사를 통해 침체되었던 경기를 회복하려는 노력이었다.

초록색은 희망의 색깔이다. 동시에 새로운 생명이 움트는 것을 말해주는 생명의 색깔이기도 하다. 초록색은 희망 외에도 평화와 회복을 의미하며 새싹은 씨앗 상태에서 흙이라는 큰 장애물을 뚫고 세상 밖으로 나와 새 생명을 얻은 결과물이다. 사랑하는 사람들을 잃은 아픔을 가진 사람들을 위로하고 우리 사회 전체의 회복을 원하는 모든 사람들

● 초록새싹 행사

과 희망의 메시지를 함께 나누고자 하는 마음으로 이루어진 행사였다. 그리고 또한 느닷없는 참사로 국민들이 마음에 깊은 상처를 받았으며, 이로 인해 소비도 위축되었다. 그러한 심리적인 여파는 나라의 경제도 어렵게 만들었다. 그러나 사회의 한곳에서부터 시작된 생명의 메시지는 분명히 많은 사람들에게 힘과 위로가 되어 줄 것이라고 믿는다.

우리 사회의 또 다른 약자, 학대받는 동물들

나는 동물을 좋아한다. 집에서 반려견을 키우면서 동물도 가족만큼 소중한 생명체라는 사실을 늘 깨닫는다. 그래서 최근 인터넷에서 동물 학대 영상이 문제가 되는 일이 많아지는 모습을 보면서 안타까움을 금치 못했다. 동물의 몸에 화상을 입힌다든지, 방치를 하고 돌보지 않는다든지 더욱 심한 경우는 죽이는 것도 아무렇지도 않게 여기는 모습이 경악하게 한다. 하지만 동물 학대에 대해서 현행법은 적절하게 대처하지 못하고 있는 실정이다. 사람의 생명이 존엄한 것처럼 동물들도 생명의 존엄함을 인정받아야 한다.

동물 학대 동영상을 올리는 것은 매우 극단적인 경우에 해당하는 것이겠지만, 이외에도 다른 여러 방식으로 동물 학대가 이루어지고 있다. 그중의 하나가 '애니멀 호딩(animal hoarding)'이라고 불리는 것인데 동물을 키울 능력이 충분하지 않으면서 과도하게 많은 동물을 키우면서 사육자로서의 의무를 다하지 못하는 것을 말한다. 일종의 학대 행위라고 볼 수 있는데, 정신 질환인 저장강박(hoarding)이 동물에게로 이어진 것이다.

동물 구호 단체들에 따르면 애니멀 호딩은 동물 학대의 새로운 유형으로 급증하는 추세라고 한다. 약 5년 전 유기동물 보호에 대한 인식이 확산되면서 '버려진 동물을 구하자!'는 여론이 형성이 되었다. 그러나 개체 수가 늘어 관리를 포기하는 사람들이 늘자 선한 의도는 역설적으로 동물에게 고통을 주는 학대 행위로 바뀌었다. 문제는 이런 동물 학대를 제재할 마땅한 법적 근거가 없어 학대 방지는 물론 긴급 구조도 쉽지 않다는 점이다. 현행동물보호법은 도구 및 약물을 사용하거나 도박이나 유흥을 목적으로 동물에게 상해를 입히는 직접적 행위로만 처벌을 규정하고 있기 때문이다.

반려동물 문화가 발달한 미국이나 영국 등 해외의 경우에는 애니멀 호딩이 일찍이 사회 문제로 부각되어 동물 방치를 법으로 처벌하고 있다. 미국의 일부 주에서는 개인이 반려동물을 소유할 수 있는 규모를 15마리 정도로 제한하기도 한다. 우리나라 또한 동물 학대를 방지하기 위한 법의 마련이 시급했다.

이에 나는 동물 학대 영상을 인터넷에 게재할 경우 처벌하는 내용을 담은 '동물보호법 일부개정법률안'을 대표 발의하고 문제를 제기했다. 현행 동물보호법 일부개정법률안에는 기술되어 있지 않은 동물학대의 정의를 구체화해서 동물학대 행위에 대한 자의적 판단을 막을 수 있도록 현행법의 미비점을 개선하기 위해서였다. 또한 동물에 대한 학대뿐만 아니라 학대 행위를 촬영한 영상물을 인터넷에 게재하는 행위를 제한하기 위해 동물학대 영상을 유포한 자에게 과태료를 부과할 수 있도록 하는 조항을 신설하였다.

동물보호법 개정안은 통과되었다. 개정안에는 동물 학대의 정의를 명확히 하는 한편, 동물 학대 영상물을 유포한 사람에게 300만 원 이하의 벌금을 부과할 수 있도록 했다.

또한 권고 규정이던 동물 운송자의 준수 사항을 의무 규정으로 변경하여 운송 과정에서 동물이 고통받지 않도록 하였다. 이를 위반하면 100만 원 이하의 과태료를 부과하도록 하였다. 특히 반려동물 판매업자는 동물을 구매자에게 직접 전달하거나 운송 규정을 준수하는 운송업자를 통해 배송해야 하며 이를 위반하면 동물판매업자와 운송업자를 모두 처벌하도록 했다. 그리고 동물을 도살할 때에는 불필요한 고통을 주지 않도록 해야 한다는 원칙이 포함이 되어 있으며 동물을 땅에 묻을 때에는 의식이 없는 상태에서 하도록 정했다.

동물 보호에 대한 적극적인 운동은 국회 차원에서도 계속 이어졌다. '동물복지 국회포럼'이 대한민국 국회 사상 처음으로 정식 출범하게 된

● 동물자유연대로부터 공로패를 받다.

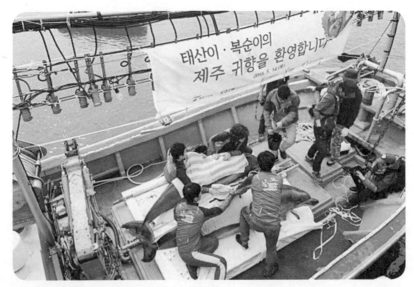

● 태산이 복순이

것이다. 동물복지 국회포럼에는 창립부터 여야 국회의원들의 뜨거운 관심이 있었다. 나를 포함한 38명의 국회의원들이 참가해서 동물복지에 대해 높아진 사회적 관심을 반영했다. 또한 동물복지 관련 전문가 의견과 대중여론을 반영하기 위해서 수의학계와 동물보호단체 그리고 기타 관련 단체의 대표자 20여 명을 자문위원으로 위촉하기도 하였다.

잘 사는 사회는 사람과 동물이 생명을 존중받으며 조화롭게 살아가는 곳이다. 동물들은 본능적 질서 속에서 조화롭게 살아가는 존재이다. 오직 사람만이 동물을 학대하는 존재일 뿐이다. 우리는 그런 동물들에게서 조화롭게 함께 살아가는 '공존의 원칙'을 배워야만 한다. 늦었지만 19대 국회에서 국회 최초로 여야 의원들이 함께 동물복지포럼을 만들었다는 것 자체는 큰 의미가 있는 것이다. 정부와 전문가, 동물보호단체 사이에 동물보호 관련 법제에 대한 시각차를 조율하며 단계

적으로 개선하는 가운데 정치권에서도 조화와 평화와 그리고 공존의
법칙을 배워나갈 수 있는 좋은 기회였다.

지난 2015년 7월 남방큰돌고래 태산이, 복순이가 야생 훈련장을 벗
어나 비로소 고향 바다로 돌아갔다. 불법 포획된 남방 돌고래인 태산이
(수컷)와 복순이(암컷)가 야생 적응 훈련을 마치고 제주시 해수욕장 인근
에 있는 가두리 시설에서 무사히 야생 바다로 돌아갈 수 있었다. 나는
야생 방류 방안 마련과 더불어 동물 보호와 관련된 법 개정안 발의 등
동물 보호를 위해 소리 없이 뛰었는데, 감사하게도 동물 자유연대의 조
희경 대표가 직접 국회의원회관을 방문하여 공로패를 전달해주셨다.

생명에 대한 경외감, 그리고 약한 존재에 대한 궁휼함이 없는 사회
는 발전 가능성이 없는 사회이다. 관리대상에서 복지의 주체로 넘어
온 동물들. 동물보호법이 생명권을 보장하려는 취지에서 시작된 것이
니만큼 동물 학대 방지 차원에서 머무는 것이 아닌 생명 존중 사상으로
지속적으로 이어져야 할 사업이다.

04

인심 좋은 땅 이천,
고고함이 숨 쉬는 땅 이천

물이 맑은 이천, 역사를 품고 흐르다
쌀의 고장 이천쌀 전문가와 만나다
도자기와 복숭아의 고장 이천
쌀의 고장에서 도농복합도시로

○ ● ○

물이 맑은 이천,
역사를 품고 흐르다

○ ● ○

가문에 축복을 준 사슴 이야기

예로부터 물이 맑기로 유명했다는 고장 이천. 청수(淸水)의 고장 이천은 그 지리적인 위치 때문에 우리나라의 오랜 역사 속에서 나타났다가 사라졌던 여러 나라에 속하고 그와 동시에 여러 문화가 교차하는 지역이기도 했다. 이천의 북쪽으로 가면 한강이 흐르는 광주가, 동쪽으로는 남한강이 흐르는 여주가, 남쪽으로는 영남과 호남 지역과 맞닿아 있기 때문에 이들 문화가 남아 있는 여러 가지 유물들이 많이 나온다고 한다. 나는 역사 스토리를 굉장히 좋아한다. 이천 역시도 오래된 역사만큼 수많은 역사 스토리들을 품고 있다.

우선 이천하면 이천 서(徐)씨의 본관이다. 그리고 그 유명한 고려 시대의 대외교가 서희 선생의 이야기를 빼놓을 수 없을 것이다. '하늘이 내린 최고의 외교 전략가'라는 별명이 붙여질 만큼 뛰어난 언변과 함께 패기 있는 리더십을 보여준 외교 전략가인 서희 선생의 이야기는 거란족과의 외교담판으로 더욱 유명하다. 당시 힘이 강성했던 북방민족이었던 거란이 거만하게 구는 모습에 전혀 눌리지 않고 온건책과 강경책을 적절히 사용해 가면서 풍전등화의 위기에 있던 나라를 구했던 서희 선생의 이야기는 그 옛날 과거에 우리 조상들이 얼마나 지혜로웠는지를 보여준다. 무시무시한 무기 하나 없이 야만스럽게 굴었던 거란족의 장수를 뛰어난 두뇌 전술로 제압했던 서희 선생의 모습을 생각하면 존경스러운 마음이 절로 든다.

서희 선생은 고려 초 서필의 아들로 이천에서 태어났다. 그의 호는 '복천'이다. 이천에 흐르고 있는 젖줄인 복하천에서 그 이름을 따와서 지은 것이 아닐까 하는 추측이 있다. 그는 순수 이천 혈통으로서 이천을 대표하는 자랑스러운 인물이다. 설봉공원에 가면 볼 수 있는 서희의 동상 그리고 서희 선생 테마파크는 이천이 그의 뛰어난 외교적인 리더십을 배우고자 하는 뜻에서 만들었다. 효양산에 만들어진 서희 선생 테마파크는 서희 선생의 일대기 중의 몇 가지 중요한 장면들을 스토리텔링하여 동영상으로 만들었다. 마치 금속으로 만든 인형들이 무대 위에서 연기를 하는 것처럼 재미있게 꾸며 놓았다. 그중의 하나가 이천 서씨의 시조인 서신일의 '사슴 이야기'이다.

서신일은 이천 서씨의 시조일 뿐 아니라 모든 서씨의 시조로도 추앙되고 있다. 그는 신라 말기에 높은 벼슬에 올랐지만 스스로 벼슬자리를 내려놓고 아우와 함께 지금의 경기도 이천 효양산 아래 집을 짓고 정착을 했다. 그곳에서 스스로를 효양거사라 칭하고 학문에 정진하려는 제자들을 불러 모아 교육에 힘쓰며 살고 있었다.

어느 날 서신일이 집 앞을 거닐고 있었을 때였다. 사슴 한 마리가 다급하게 그의 앞으로 달려왔다. 자세히 살펴보니 몸통에 화살이 꽂혀 있었고, 사슴은 죽을 것처럼 힘들어하며 그의 앞에서 쓰러졌다. 사슴을 불쌍하게 여긴 서신일은 사슴에게 다가가서 화살을 뽑아 주었고, 아무래도 사냥꾼에게 쫓기고 있는 것으로 여겨져 사슴을 보이지 않는 곳에 숨겨 주었다. 아니나 다를까 곧이어 사슴을 쫓던 사냥꾼이 나타났고, 사슴에 대해 물었을 때 서신일은 모르는 척을 했다.

그날 밤이었다. 꿈을 꾸는데 어떤 신령이 나타나는 것이었다. 그는 묘하게도 이런 이야기를 하였다.

"오늘 숨겨준 사슴은 사실은 나의 자식이오. 그런데 다행히도 그대의 힘을 빌려 죽음을 면하게 되었소. 그 은혜에 대한 보답으로 나는 그대의 자손들이 대대로 높은 재상에 올라서 영달을 누리도록 해 주겠소."

서신일은 74세에 부인과 사별했는데 둘 사이에는 자녀가 없었다. 사슴을 구해 준 일이 있은 후 다시 부인을 맞이해서 80세의 나이에 아들을 얻게 되었다. 그가 바로 서필이고 유명한 서희 선생은 바로 그의 아들이다. 꿈속에서 만난 신령의 말은 현실에서 이루어지게 되었다. 서필, 서희, 서눌, 서정, 서균, 서공 이렇게 6대가 연이어서 고려의 재상에 올랐다. 사슴을 구해준 인연이 가문의 영광으로 이어진 재미있는 스토리이다.

서신일의 스토리는 그의 묘소와 관련하여서도 하나 더 있다. 서신일이 천수를 다하여 죽으니 사슴이 상갓집에 나타나서 상주의 옷자락을 끌고 가는 것이었다. 사슴의 행동을 이상하게 여긴 상주가 사슴이 이끄는 대로 따라가 보았다. 그러다 보니 어느 양지바른 산기슭에 멈추게 되었는데 사슴이 자신의 발굽으로 자꾸만 땅을 파헤치는 것이었다. 상주는 그때서야 이것이 계시라는 것을 깨달았다. 사슴이 알려주는 위치는 묘소로 사용하기에 좋은 위치였고 그 자리에 장례를 했다. 그러한 일이 있은 후 서씨 가문은 사슴 고기를 먹지 않는다고 한다.

그냥 지나가는 전래동화 같은 이야기이지만 이 이야기에서도 역시 '생명 존중' 의식을 볼 수 있다.

• 이천 설봉공원에 있는 서희 선생의 동상

생명을 사랑하는 자들에게는 복이 온다. 자기 자신의 세대에만 해당하는 복이 아니라 후대에까지 영향을 미치는 축복이다. 이천 사람들의 인성이 맑은 이유는 이런 이야기를 가슴 속에 품고, 의식 속에서 키워 왔기 때문이 아닐까?

이천이 낳은 걸작, 어재연 장군

낮부터 온몸을 뜨겁게 하는 더운 공기가 느껴지는 여름날, 이천이 배출한 위인인 어재연 장군의 생가를 방문했다. 그곳에서는 '내고장 옛길 함께 걷기' 행사가 진행되고 있었다. 이번 행사는 조선시대 조선 통신사가 한양에서 부산 뱃길까지 이동하던 영남대로를 기반으로 만든 경기도의 역사 문화 탐방로 '영남길' 조성을 위한 것이었다. 나는 아쉽게도 다리의 근육통 때문에 '내고장 옛길 함께 걷기' 행사에는 동행하지 못했지만, 역사와 전통을 갖고 있는 내고장 옛길을 잘 보전하여 이 길을 우리의 후손들과도 함께 걸었으면 하는 간절한 마음이 있다.

돌아보면 이천의 곳곳에서 역사의 숨결이 느껴진다. 이천시 율면 산성리에 가면 19세기 병인양요에 활약한 어재연 장군의 생가가 있다.

● 어재연 생가에 방문

어재연 장군. 국사교과서에서도 꼭 한 번쯤 들어봤을 이름이다. 19세기에 우리나라에서 흔히 볼 수 있었던 평범한 농가의 모습으로 어재연 장군의 생가는 깨끗하게 잘 보존이 되어 있었고, 그 앞에는 어재연 장군을 기리는 사당이 자리 잡고 있다.

이천 태생의 어재연 장군은 조선 말기 유럽과 미국 등 열강들이 조선에 배를 타고 와서 강화도를 침략했던 시기에 활약했다. 고종 3년, 프랑스의 7척 군함이 강화도를 침략하자 그는 병사들을 이끌고 광성진을 수비하였다. 조선과 서구 열강이 벌인 첫 번째 전투였다. 프랑스 신부와 조선인 신도들이 처형된 일을 구실로 프랑스 함대가 강화도를 점령한 사건이었다.

몇 년 후 서양 오랑캐 500명가량이 광성진에 침입을 했다. 그들이 타고 온 배인 이양선에서는 대포알이 비 오듯이 쏟아졌다. 선두에 섰던 군사들은 좌우로 적들이 달려드는 탓에 모두 패했고, 뒤따라 온 부대 또한 패하고 말았다. 『조선왕조실록』 고종 8년 4월의 어느 날 광성보 전투에 대해서 기록되어 있는 내용이다. 미국의 해군 제독인 로저스가 이끄는 함대가 광성보 앞바다로 들이닥쳤다. 이곳에서 진을 치며 대기하고 있었던 어재연 장군은 적의 군함이 나타나자 포격 명령을 내렸다. 그러나 조선 군대의 무기는 미국 함대에 비해서 너무도 무기력했다. 포탄이 날아가는 거리도 짧았다. 상대적으로 강력한 미 함대는 순식간에 조선 군대를 제압해 버렸다.

서구 열강의 침략에 대비하지 못했던 조선의 조정은 너무도 안일하기만 했다. 바깥세상을 너무 몰랐기 때문에 미국이라는 나라에 대한 지식이 전무했다. 미국이 얼마나 막강한 군사력을 갖고 있는 나라인지도 당연히 알지 못했다. 한창 서양인들이라면 치를 떨고 있었던 조선 사람들은 미국에서 온 제너럴셔먼호가 나타나서 무역을 요구하자 거부한다. 그런데 셔먼호가 대동강 모래톱에 걸리면서 당황한 선원들이 조선인 몇몇을 총으로 쏘아 죽이자 분노한 평양인들이 배에 기름을 끼얹고 침몰시켰다. 배에 타고 있던 대부분의 서양인들은 익사하거나 타 죽었다. 그래서 미국이 일본처럼 조선을 무력으로 개항시키기 위해 배를 타고 나타나 공격한 것이 바로 신미양요이다.

초지진에 이어서 덕지진이 미국 함대에 완전히 함락이 되고 어재연 장군이 열심히 싸워 주었던 광성보의 치열한 전투 끝에 결국 적의 손아귀에 넘어가고 말았다. 광성보 전투에서 어재연 장군은 부하 병사들을 힘차게 격려하면서 마지막까지 최선을 다해서 싸웠다. 그러나 그는 결국 전사하였고, 동생인 어재순도 그 전투에서 함께 전사하였다. 동생 어재순은 가족들의 만류를 뿌리치고 형인 어재연을 도와 싸우러 나가겠다고 나섰던 것이라 한다.

미군이 당시 광성보 전투에서 빼앗아 간 전리품 중에는 광성보에 걸려 있던 수자기(대장의 군기)가 있었다. 어재연 장군이 사용하던 장군의 군기이다. 장수를 나타내는 글자인 '수(壽)'자가 크게 새겨진 굉장히 멋있는 군기이다. 미군이 빼앗아간 수자기를 136년 만인 2007년에 임대 형식으로 들여와 강화 박물관에서 장기 전시하고 있다. 광성보에 커다란 수자기를 걸어 넣고 침공해 오는 미군을 격퇴할 준비를 하던 어재연 장군의 늠름한 모습이 과연 어땠을지 짐작이 간다.

어재연 장군의 생가 뒤에는 소나무들이 숲을 이루며 독특한 분위기를 만들어 매우 운치가 있다. 생가의 내부로 들어오면 안대문을 지나게 되는데, 동선을 꺾어서 안마당으로 들어가게끔 되어 있다. 어린 시절의 어재연 장군이 이곳에서 소리를 지르면서 뛰어다녔을 모습이 자연스럽게 상상이 가는 공간이다. 뒤로는 토담이 있고, 여유 있게 배치되어 있는 집들을 보면 옛 사람 어재연의 기상과 호흡이 느껴진다. 이천이 낳은 자랑스러운 인물인 어재연 같은 이들이 오늘날에도 있다면 한몫할 일들이 많아질 것이라는 생각을 하게 된다. 이천의 어떤 힘이 어재연 같은 인물을 키워낸 것일까? 비범하지 않은 땅에서 비범하지 않은 인물이 나온다. 세계적인 쌀을 키워내는 힘 있는 땅이 걸출한 인물도 배출하는 것이라는 생각이 머릿속을 스친다. 이천의 건강한 땅은 인물들과 함께 건강한 농산물들을 배출할 수 있는 힘이 있다는 확신이 들었다.

행사에서 나온 후 나는 율면을 돌아보면서 근처에 있는 임마누엘 포도원과 물댄동산을 방문하였다. 달콤한 포도향이 가득한 포도 농원과 다양한 야생화들로 꾸며진 임마누엘 포도원은 단순히 보는 것에서 그치는 것이 아닌, 관람객이 직접 체험하고 경험할 수 있는 농업의 6차 산업화가 가능한 농장이라는 생각이 들었다.

• 임마누엘 포도원   • 물댄동산 방문

그리고 물댄동산에서는 농장주분의 막내아들이 서울에서 내려와 같이 운영하고 계신다고 했다. 이렇게 많은 농장들이 가족 경영 형태를 이루고 있는 만큼 가업 승계 시에 양도소득세를 감면하는 등 현장에 도움이 될 만한 방안을 마련해야겠다는 생각을 했다. 많은 농장들을 역사와 전통을 가진 100년 기업으로 성장시킬 수 있도록 하는 아이디어가 머릿속에 가득했다. 걸출한 인재를 배출한 이천 땅에서 걸출한 생산물이 나올 수 있도록 돕는 것. 그것이 중요하다.

○ ● ○

쌀의 고장
이천쌀 전문가와 만나다

○ ● ○

살맛나는 이천, 쌀맛나는 이천

전국 최고의 맛과 품질을 가진 이천의 쌀! 작년 가을에도 나는 임금님표 이천쌀을 맛보고 즐길 수 있는 '제 17회 이천쌀문화축제'에 다녀왔다. 가을이 무르익어 노랗고 붉은 단풍으로 물들어가는 설봉공원에서 열린 축제에서 많은 분들과 인사를 나누고 즐거운 대화를 주고받았다. 친구와 가족들과 함께 '흥겨운 만남, 행복한 나눔'이라는 주제로 진행했던 이천쌀문화축제는 이천 시민들과 함께 웃고 즐거워하는 즐거운 놀이 마당이다.

가마솥에 지은 2천 명분의 밥을 1인당 2천 원을 내고 먹을 수 있는 '가마솥 이천 명 이천 원' 행사와 무지개 가래떡 만들기 행사, 풍물 대동굿 등 누구나 즐겁게 참여할 수 있는 이천쌀문화축제는 3년 연속 문화관광부 최우수 축제로 선정되었던 명실상부한 이천의 대표적인 지역 문화 축제이다.

● 이천쌀문화축제에 참여

　매년 10월이 되면 이천에는 이렇게 쌀문화축제가 열린다. 임금님표 쌀, 오랜 옛날부터 맛으로 품질로 인정을 받은 쌀의 고장다운 축제에는 전국에서 많은 관광객들이 몰리기로 유명하다. 이천의 쌀 맛은 이 고장 사람들의 인성을 닮고 있다고 생각한다. 물 맑고 기후 좋은 곳에서 건강하게 자란 쌀은 이천 사람들의 얼굴과 마음을 닮았다.

　한국인은 정말 소위 말하는 '밥심'으로 사는 것 같다. 건강한 쌀에서 나오는 밥의 힘을 어느 누가 이길 수 있을까? 쌀은 우리네 밥상에서는 결코 빠질 수 없는 것이다. 그리고 쌀은 단순한 에너지원 이상이다. 쌀밥은 다이어트에도 큰 효능이 있다. 특유의 포만감으로 인해서 식사량을 줄이게 되고 칼로리 조절에도 이상적이다. 쌀밥의 전분은 체내에서 서서히 흡수되어 혈당 상승을 느리게 하고 포만감을 주기 때문이다. 그리고 밀가루에 비해 3~4배 많은 식이섬유를 함유하고 있어 변비를 예방하고 숙변을 배출하는 데에도 효과적이다.

또한 먹는 것 이외에도 피부 미용에 도움을 주기 때문에 쌀 세안은 인기 있는 세안법 중에 하나이다. 쌀겨 세안법은 피부 미백에 도움을 줄 뿐만 아니라 잔주름과 기미 개선, 각질 제거, 노화 방지 등에도 효과적이다.

우리는 벌써부터 쌀의 효능에 대해서 잘 알고 있고, 요즘에는 쌀 관련 먹을거리들이 넘쳐나고 있지만 이천쌀에 대해 더 자세히 알게 된다면 느낌이 달라질 것이다.

이천쌀은 일단 깨끗한 물에서 재배가 된다. 이천이 물이 깨끗하다는 것은 이미 다 알고 있을 것이다. 지하수를 이용하여 맑은 물로 농사를 지을 수 있는 최적의 조건 그리고 최고의 조건이다. 우리나라는 물이 맑아서 많은 축복을 받았다고 할 수 있는데 그중에서도 이천의 수질은 단연 최고이다. 무기질 성분이 풍부한 수질 환경이기 때문이다. 그리고 이천 지역의 관개수는 타 지역에 비해서 Mg/K,N의 비율이 높아서 단백질 함량을 저하시켜서 양질미를 생산하게 한다.

그리고 비옥한 토질은 쌀이 힘을 받고 자랄 수 있는 중요한 요인이다. 이천의 토질은 찰흙과 모래가 적절히 혼합된 사질 양토로 양분 흡수가 잘 된다. 소위 말하는 '기름진 땅'인 것이다. 그리고 마지막으로 쌀농사를 할 수 있는 천혜의 기후조건을 갖고 있다. 풍수해가 다른 지역에 비해서 현저히 적고, 결실기에 일조량이 많고 밤낮의 기온차가 커서 벼알의 여묾이 좋다.

이천의 전래민요 '방아타령'과 '자진방아'에 '여주이천 자채방아, 금상따래기 자채방아'라는 구절이 나오고 조선시대 농서인『행보지』에는 '이천에서 생산한 쌀이 좋다.'는 말이 기록될 정도이니 이천쌀의 품질은 말할 필요도 없다. 성종도 세종릉에 성묘하고 환궁할 때 이천에 들러 이천쌀 맛에 반했다고 하니 명성은 이미 확보한 셈이다. 민요에서 나오는 '금상따래기'가 바로 '진상미를 재배하는 논'을 말한다고 한다. 그리고『신증동국여지승람』누정편을 보면 '이천은 땅이 넓고 기름진 곳으로 밥맛 좋은 쌀이 생산이 되어 임금님께 진상하였다.'고 나온다. 날씨, 토질, 물의 삼박자가 정확히 떨어지며 만들어지는 예술품인 쌀은 천의 조건을 가진 이천의 작품이다.

이천쌀은 전국의 소비자들이 가장 선호하는 농산품으로 꼽히고 있다. 이런 인기와 더불어서 이천쌀의 브랜드 가치는 전국의 수많은 쌀 가운데 늘 1위 자리를 굳히고 있다. 주요 재배품종은 추청이다. 연 평균 수확량은 3만 5천 톤 가량이고 경기도 내에서도 역시 1위이다. 이천쌀엔 아밀로스 19% 이하, 단백질 6.0 이하, 완전미 비율 95% 이상 등 이상적인 영양소와 옥타코사놀이 많이 들어있는 것으로 유명하다.

이천쌀은 이제 국내를 넘어서 세계로 뻗어가고 있다. 이천쌀은 최근 홍콩으로 수출이 되면서 많은 이들의 입맛을 사로잡고 있다. 2011년 6월부터 홍콩 현지로 수출된 이천쌀의 수출 규모는 144톤에 이르고 수출 품목도 점차 늘어나고 있는 추세여서 홍콩의 최고 음식관련 잡지인 〈U magazine〉에서는 이천쌀의 우수성, 구매처, 조리 방법과 저렴한 가격 등에 대한 내용이 실리기도 하였다.

특히나 이천시가 홍콩 현지에서 벌인 활발한 마케팅 활동 덕에 수출 물량은 매년 늘어서 연간 60% 이상의 성장세를 보이고 있다. 홍콩과 인접한 마카오에서도 2013년부터 첫 수출이 시작이 되어서 수출 지역이 점차 넓어지고 있다. 이천의 특산물인 쌀이 수출효자노릇을 톡톡히 하고 있다는 기쁜 소식이다.

이천시는 아시아 최대 규모로 개최된 홍콩식품 박람회에서 임금님표 이천쌀을 비롯해서 각종 농산물 홍보활동을 통해 이천 농산물의 우수성을 알린 바 있다. 이곳에서 이천시는 이천쌀을 이용한 여러 가지 요리들 예를 들면, 김밥, 비빔밥, 불고기 등의 요리들과 라이스칩, 식혜, 마시는 발아현미, 막걸리 등의 가공식품들을 선보였다. 건강한 쌀로 만들어진 건강한 밥상과 먹을거리들은 사람들의 호응을 금방 불러일으켰고 이천쌀의 브랜드 가치는 더욱 높아지게 되었다.

쌀에 담긴 우리의 혼

태종 말년 어느 해의 일이다. 그해는 유독 가뭄으로 인해 쌀 부족이 심했고 이로 인하여 민심이 매우 나빠졌다고 한다. 천재지변이 나라의 흥망성쇠와 긴밀하게 연결이 되고, 임금의 덕과 성품이 하늘을 때로는 하늘을 감동시키거나 때로는 하늘을 거역하게 한다고 여기던 시절이라 백성들은 그해의 가뭄이 당시의 왕이었던 태종의 책임이라고 생각했다. 왕위를 위해서 형제를 해하고 수단과 방법을 가리지 않으며 정권을 잡았던 태종인지라 백성들의 고통에 대한 본인의 과실을 생각하지 않을 수가 없었다. 그래서 그는 이런 재앙이 자신에 대한 하늘의 응징이라고 판단하고 아들인 세종에게 왕위를 물려주게 된다.

정권을 물려주기로 작정하던 그날 밤 태종은 밤을 새워서 종이에 쌀미(米)자를 수백 자 넘게 썼다고 한다. 이런 이야기를 통해서도 우리 민족은 쌀에 대한 믿음과 더불어 한도 얼마나 많이 갖고 있었는지를 알 수가 있다. 쌀은 하늘의 길흉화복을 모두 솔직하게 드러내어 주는 중요한 지표가 아니었을까 싶다.

이렇게 보면 쌀은 우리 민족에게 있어서 단순한 먹을거리 이상의 의미를 갖는다고 볼 수 있지 않을까? 쌀을 재배하면서 우리 민족은 그 특유의 근면함을 키울 수도 있었을 것이다. 뚜렷한 사계절의 순환 속에서 때에 따라 알맞게 농사를 지어 내려면 일단 부지런하지 않으면 안 되었다. 더운 여름날에 일이 집중이 되고, 벼 재배의 특성상 많은 일들을 새벽에 해치우지 않으면 안 되었기 때문이다. 그래서 한국인의 체질은 벼농사 순환의 리듬을 따르게 되고, 힘든 노동의 고통을 함께 나누기 위해서는 상부상조하지 않으면 안 되었다. 모내기와 김매기 그리고 추수 등의 모든 작업은 이렇게 협동 없이는 불가능한 것이었다.

이런 쌀 재배를 통해 우리 민족은 조화를 이루고 상생하는 것이 서로를 살리고 살게 하는 힘이라는 것을 자연적으로 배워왔다. 먹어야 살듯이 함께 힘을 모아야 열매를 맛볼 수 있기 때문이다.

쌀에 있는 식물 섬유에서 영양분을 흡수해 온 우리 민족은 육식을 하는 서양인들보다 오랜 시간동안 음식물을 긴 창자에 통과시켜야 했다. 그래서 서양인들과 비교하여 창자의 길이가 길었고 그만큼 식사 간격이 길어도 충분히 견딜 수 있었으며 자연스럽게 굶주림과 어려움이 닥쳐도 인내하고 이겨내는 품성을 길러낼 수가 있었다. 육식을 하는 이들에게서는 이러한 근성을 보기가 힘들다. 쌀을 주식으로 여기는 우리 민족이 끈질기고 지구력이 강한 것은 사실이 쌀을 주식으로 먹는 탓이다.

쌀이 우리 민족과 육체적으로 그리고 정신적으로 깊게 연관이 되어 있다는 것은 우리의 세시 명절도 쌀을 재배하는 주기에 맞추어져 있다는 것을 통해서도 알 수 있다. 그리고 조상들이 수천 년 동안 벼를 재배하던 땅 위에 집을 짓고 그 집을 떠나서 가는 것에 대해서도 깊은 의미를 부여하는 것에서도 농토와 쌀에 대한 한국인의 정신적 뿌리를 찾을 수가 있다. 쌀은 이렇게 우리 한민족을 설명하는 것에 있어서 원형적인 부분을 차지하고 있는 것이다.

우리 민족에게는 쌀의 DNA가 흐른다고 한다. 쌀을 재배하기 위해서 쏟는 정성과 노력이 우리 민족의 근성을 만들어내었고, 쌀에 담겨져 있는 맛과 영양이 우리 민족이 내실 있고 든든한 성품과 능력을 갖도록 만들어 냈다.

하지만 지금 살아가는 우리 안에 숨겨져 있는 이런 쌀의 의미를 모른 채 경제적인 관점에서만 혹은 농어촌의 불균형의 관점에서만 쌀 문제를 바라보려고 하고 있다. 농민들이 목숨을 걸고 쌀농사와 쌀값 문제에 매달리는 것이 도농 간의 경제적 격차 때문만은 아니다. 사회의 각 계각층에서 정부의 농정현안에 대해서 해결방안을 구하고 농업과 농촌을 살리기 위한 중장기 대책을 끊임없이 강구하는 것 역시 표면적으로 나타난 불균형의 문제 때문만은 아니다. 자연 재해나 외부적 요인으로 농민들이 고통을 겪게 될 때에는 사실 그 안에 온 국민이 함께 아파해야 할 부분이 있다.

그것은 우리의 혼이 담긴 쌀에 대한 근본적인 문제이다. 사람은 정신이 아프면 육체도 함께 병이 들게 마련이다. 농민들이 우리의 땅을 붙잡고 지키고 있는 것은 기초 작물인 쌀만이 아니다. 우리의 농토가 품고 있는 한국인의 혼. 그것을 붙잡기 위한 몸부림이다. 신체의 각 기관이 모여 우리 몸을 구성하고 있듯이 우리 국민 모두가 농민의 문제를 자신의 문제로 바라보아야 할 이유가 그곳에 있는 것이다.

우리의 쌀, 맛도 좋고 몸에도 좋고

우리의 쌀은 오랜 시간 동안 우리의 주식 자리를 지켜왔다. 그러나 한국 전쟁 이후 밀가루가 원조 농산물로 우리의 식탁에 올라왔고 그 뒤로 선진국화된 식문화로 인해서 밀가루가 쌀을 대신하는 곡물로 자리를 잡게 되었다. 하지만 쌀은 지금까지도 여전히 우리의 입에서 떠날 수 없는 곡물임은 확실하다. 하지만 농민의 숫자가 점점 줄어들고 있고 쌀 시장 개방시대를 맞이해 수입쌀과 경쟁을 해야 하는 상황에서, 우리 쌀의 미래를 위해 더 적극적인 판매 정책과 방법을 찾지 않으면 안 된다.

우리 쌀을 열심히 먹는 것, 그 자체가 애국이다. 우리가 하루 동안에 먹는 음식들을 잘 살펴보자. 밥 한 공기와 반찬으로 한 끼 식사를 하는 경우가 하루에 두 번 이상인 경우가 점점 사라지고 있지 않는가? 일식, 중식, 이탈리아식, 프랑스식 식단을 혼합한 요리들이 이제 우리의 밥상에서 흔한 풍경이 되었다. 이렇게 우리의 쌀 소비는 점점 구석으로 몰리고 있고 입맛 또한 다양해지면서 자연스럽게 쌀 소비가 위축이 되는 현상이 일어났다.

하지만 당연히 쌀은 우리의 주식이다. 어떠한 스타일의 요리들을 맛본다 하더라도 한국인으로 태어난 이상은 쌀밥을 먹고 산다. 쌀은 우리 민족의 영원한 에너지원이기 때문이다. 그렇다면 쌀을 어떻게 잘 먹어야 할 것인가? 쌀은 여전히 우리의 미래를 짊어지고 갈 곡물자원이기 때문에 우리가 창조적인 아이디어로 쌀 소비를 촉진시키기 위해 노력한다면 쌀의 수요도 점차 늘어날 것이라 생각한다. 쌀을 주식으로 하지 않는 서구 사회에서도 쌀의 가치를 알고 쌀에 대한 많은 연구와 투자를 하고 있다는 사실을 아는가? 그만큼 쌀은 식량자원이 더욱 소중해질 미래에도 각광받을 만한 뛰어난 곡물이다.

일단 사람들의 다양해진 입맛을 고려한 여러 가지 쌀 가공 식품들은 이미 시중에 나와 있고 대중화된 것도 많이 있다. 하지만 생각보다 쌀 가공 식품이 다양하다는 것을 모르는 사람이 많으므로 적극적으로 알릴 필요가 있다. 쌀 소비자들과 기업들이 함께 쌀 가공식을 전시하고 체험해 본 뒤 서로의 거리를 좁힐 수 있도록 노력해야 한다. '쌀 가공식품산업대전'과 같이 소비자와 생산기업 간의 직접적인 만남의 자리를 많이 갖도록 기회를 열어가야 한다. 그리고 쌀 가공식품이 비즈니스로서 성공할 수 있는 구체적인 모델이 많이 만들어져서 농민들과 기업 그리고 소비자 모두가 쌀로 인해서 신명나고 즐거워야 한다.

● 쌀가공식품산업대전

　현재 쌀 가공식품은 농업 생산자들과 쌀 가공업체 간의 교류와 협력으로 질 좋고 맛 좋은 쌀 제품들이 많이 생산되고 있는 추세다. 이미 우리도 잘 알고 있는 '우리 쌀로 만든 고추장'이라든지 '쌀 과자'에서부터 '쌀 파스타', '우리 쌀 부침가루와 튀김가루', '떡 제과·면용 쌀가루', '우리 쌀 프레이크', '우리 쌀로 만든 즉석 쌀국수' 등 일반 소비자들이 부담 없이 즐겁게 먹을 수 있는 쌀 가공 식품들이 개발되었고 소비자들에게 성큼 다가가려 노력하고 있다. 기발한 아이디어와 자신감만 있으면 쌀은 우리의 입맛을 즐겁게 하는 어떤 음식으로든 변신할 수가 있다. 앞으로 우리의 입맛은 더욱 변화되어 아마도 더 많은 미각 체험을 하길 원할 텐데, 이러한 시대적인 흐름에 맞추어서 쌀 가공식품들이 다양화

● 쌀가공식품들

되어 가는 것은 매우 고무적인 일이다. 더욱 바라는 것은 우리 쌀로 만든 여러 가지 가공식품들이 우리나라 사람들의 입맛뿐만 아니라 세계인의 입맛을 만족시키는 대표적인 수출품이 되는 것이다. 그리고 우리 농산물이 세계적인 브랜드로 성장할 수 있는 날이 오도록 농민들을 위해서 그리고 기업들을 위해서 열심히 뛰는 것도 나의 사명이다.

흥겹고 신명나는 한마당 이천쌀문화축제

개인적으로 나는 이천의 쌀이 사랑스러운 것은 대한 농업인들의 큰 자긍심과 각별한 사랑 때문이라고 생각한다. 그들의 각별한 마음 때문에 이천쌀은 최고의 명품 쌀로 성장했다고 말할 수 있을 것이다. 그런 사랑의 결정체가 바로 이천쌀문화축제라고 할 수 있다. 이천쌀문화축제는 문화체육관광부에서 3년 연속 '문화관광 최우수축제'로 꼽힌, 명실공히 국내 최고의 농업축제이다. 쌀 문화축제 성공의 가장 큰 비결은

최고의 품질과 맛을 자랑하는 이천쌀을 갖고 다양한 테마와 스토리를 엮어서 만들어내는 재미일 것이다.

'가마솥 밥 짓기', '이천쌀밥 명인전'

● 이천쌀문화축제

등 관광객들을 위한 다양한 볼거리를 제공하는 축제에 참가하는 인원은 외국인을 포함하여 50만 명 가까이 된다. 그리고 점점 관광객들의 숫자는 늘어나고 있다. 관광객들은 이천의 쌀을 맛보고 경험하는 것 이외에도 옛 조상들의 농경문화를 체험할 수 있다. 가령 탈곡과 방아 찧기, 짚공예, 가마니 지게 지기 등 도시 생활에서 직접 체험해보지 못했던 즐길 거리들도 풍성하다. 줄다리기라든지 커다란 가마솥 밥 짓기 행사는 누구나 체험해 볼 수 있고 이천쌀밥명인전, 무지개 가래떡 만들기와 세계 쌀 요리 경연대회처럼 볼거리도 풍성하다.

　이천쌀문화축제는 지난 2013년 미국 피츠버그에서 열린 제 58회 IFEA(세계축제협회) 총회에서 6개 부분 전 분야에서 '피너클 어워드(pinnacle Awards)'를 수상했다. 당시 전 세계 30개국 1,500개 이상의 축제가 출품이 되어서 '피너클 어워드'를 두고 치열한 경쟁을 벌였는데 이런 상황에서 이천쌀문화축제가 주요한 상들을 모두 휩쓸었다는 것은

매우 의미가 있다. 그만큼 우리 문화가 세계 어디에 내놓아도 경쟁력이
있다는 것이고, 많은 사람들이 인정할 만한 가치가 있다는 것이다.

쌀이 삶의 문화 속으로 성큼

　나는 이천농업테마공원에서 이천의 또 다른 즐거움을 발견했다. 쌀
을 주제로 해서 이토록 아기자기하게 꾸며 놓은 테마 공원은 아마 여기
이천의 이천농업테마공원뿐일 것이다. 날이 좋은 주말이나 연휴에 특
히 어린 아이가 있는 가정에 부모님들이 아이들과 함께 꼭 방문하였으
면 하는 바람이다. 쌀 문화 속에서 자라온 우리 민족, 우리 이천의 모습
을 배우는 시간이 매우 유익할 것이라 생각된다.
　경기도 이천시가 쌀을 널리 홍보하고 농업문화의 중요성과 체험

을 즐길 수 있는 관광지로 활용하기 위해 4가지 테마로 구성한 이곳은 벌써 입소문을 타고 타 지역 사람들도 많이 방문하는 공간이 되었다. 4천 5백여 평의 넓은 부지에는 여러 가지 주제를 가진 장소들로 구성이 되어 있다.

특히, 나는 이곳의 풍년 마당이 흥미롭고 정말 즐겁다. 이곳은 경관작물경작지와 바로 이웃하고 있는데, 이곳에는 아이들의 체험학습을 위해서 다양한 밭작물 모종을 심어놓았다. 실제로 쌀을 재배해보고 그 과정에서 즐거움과 기쁨을 경험해 보라고 한 취지가 좋다. 농사가 시작되는 5월, 파종 행사를 시작으로 8월엔 옥수수 따기 체험을 하고 9월엔 가을걷이 행사를 연다고 하니 누구나 쌀과 금방 친해질 수 있다. 계단

● 이천농업테마공원

식 논을 재현한 다랭이논은 체험용 경작지로 1년 동안의 전통방식 그대로 농사를 짓는다. 특히 아이들이 가서 경험도 쌓고 눈으로 보고, 만지고 배우기에 안성맞춤일 듯싶다.

다른 테마 공간인 자연정화연못은 공원에서 사용된 물을 다랭이논의 농업용수로 정화해주는 연못이다. 그런데 재미있는 것은 이곳이 물이 어떻게 정화되어 농업용수로 사용되는지 알아보는 학습 시설이기도 하다는 것이다. 눈으로 보며 과학적 원리를 익히는 일석이조의 효과이다. 또 연못 주변에 있는 다양한 수생 식물도 관찰할 수 있어서 호기심 많은 아이들에게도 훌륭한 학습거리가 된다.

쌀 문화관을 통해서 우리나라의 벼농사 과정과 역사를 한눈에 볼 수 있게 만들어 놓은 것도 매우 인상적이다. 이천쌀의 역사를 보면 미래도 알 수 있다. 그동안 자세하게 알 수 없었던 이천쌀에 대한 역사를 집중해서 볼 수 있고 기억할 수 있도록 만들어 놓았다. 그 옆에 위치하고 있는 약용 식물원, 그리고 관광객들을 위해서 아름답고 아기자기하게 만들어 놓은 숙박 시설, 그리고 현대적인 느낌이 나는 테마파크 곳곳의 디자인들을 보면서 쌀이 이제는 우리의 주식을 뛰어넘어 우리 민족을 대표하는 문화의 한 부분이라는 생각이 든다.

대중국에 이천쌀 수출을 이끌어내다

2016년 1월, 중국 검역관의 수출작업장 현지 실사에서 농해수위 위원의 전문성을 발휘하여 중국의 까다로운 검역조건으로 막혀있던 쌀 수출 길을 시원하게 열었다. 중국으로의 이천 쌀 수출 성공에 기여한 것이다.

2015년 10월 31일에 열린 한·중 정상회담에서 중국이 한국 쌀을 수입하기로 하면서 중국의 검역관들이 우리나라를 찾았고 우리 쌀이 중국으로 수출할 만한 좋은 쌀인지 확인하기 위해 까다로운 절차를 시행했다. 중국의 점검단은 이천의 쌀 가공공장을 방문해 '쌀 가공공장 구역의 쥐 침입 방지 조치 여부', '원자재 및 완제품 추적 관리 시스템 구축

● 대중국 쌀 수출

여부' 등 45개의 항목을 체크하며 시설을 살폈다. 예상보다 깐깐했던 중국 점검단의 활동으로 인해 다소 긴장했지만 이천 쌀에 대한 확신이 있었기에 중국으로의 수출은 당연한 결과라고 생각한다.

이때까지 중국에 수출한 국산 쌀은 없었지만 중국산 쌀의 국내 수입량은 2013년 15만 1000t, 2014년 20만 5000t, 지난해 21만 9000t으로 해마다 늘어가고 있는 실정이었다. 이번에 물꼬가 트인 중국 수출이 한국과 중국의 쌀 교역의 형평성 문제를 해결하는 데 도움이 될 것으로 예상하고 있다.

대중국 쌀 수출 확대는 쌀 공급과잉 문제로 많은 어려움을 겪고 있던 쌀 시장에 새로운 판로를 개척한 의미 있는 성과로서 이천시 쌀 산업 발전에 초석이 될 것이다. 이천 쌀의 품질이 좋다는 것은 누구나 다 아는 사실이다. 그렇기에 앞으로 중국 시장을 비롯한 세계 시장에서 우리 임금님표 이천 쌀의 눈부신 활약을 기대하고 있다.

어려운 상황에 처한 축산업 구하기

11월 1일은 무슨 날일까? 바로 한우를 먹는 '한우의 날'이다. 이날 서울 시청 광장에서는 한우의 날 행사가 열렸다. 어려운 환경 속에서도 축산업을 이어 온 한우 농가를 격려하고, 한우를 아끼고 성원해 주신 국민들께 감사의 마음을 전하는 날이다. 이번 행사에서는 전국한우협회 김홍길 회장님, 홍문표 의원님과 한우 홍보대사인 배우 김상중 씨 등이 참석을 했다. 그리고 무엇보다 한우를 사랑하는 많은 시민 여러분과 함께 한우 불고기 덮밥을 먹으며 유익한 시간을 나눌 수 있어 행복했다.

"흥해라 우리 한우, 흥겨운 대한민국~"이라는 슬로건을 걸고 제8회까지 진행된 한우의 날 행사가 최근 수입 소고기에 밀리고 몇 년 전에는 광우병 파동으로 힘든 시간들이 보냈을 우리 대한민국의 10만 한우 농가에 큰 힘이 되어줄 것이라 믿는다.

국회의 농림축산식품해양수산위원회 위원으로서 수수 금지 대상에서 농·축산물은 제외시킬 수 있도록 농축산업 현장의 목소리를 적극 대변하도록 해야겠다는 굳은 다짐을 해 본다. 우리의 10만 한우 농가

● 한우의 날

에게 도움이 될 수 있도록 한우 경쟁력 증대를 위한 현실적인 방안들을 마련하고 축산물의 고부가가치 창출을 위한 대안 모색을 게을리하지 않을 생각이다.

이천의 축산업은 역시 '도드람 포크'가 유명할 것이다. 2015년 9월 킨텍스에서 열린 '2015 대한민국 축산물 브랜드 페스티벌'에서 한돈 돼지고기 브랜드 도드람포크는 '2015년 축산물 브랜드 경진대회'에서 한돈 부문 최우수상을 수상하여 올해로 10회째 소비자시민모임 인증 우수 축산물 브랜드로 선정이 되었다. 도드람포크는 전 과정 HACCP인증으로 엄선된 한돈만을 공급하며 소비자의 신뢰를 얻어 축산업계의 위기를 딛고 성공한 자랑스러운 우리의 축산물 브랜드이다.

농해수위 위원으로서 나는 지금껏 원산지 허위 표시를 근절하기 위해서 돼지고기 이력제를 도입하는 법안을 발행하여 국민들에게 안전한 축산물을 제공할 수 있도록 노력해 왔다. FTA 체결 등으로 수입산 축산물 수입이 증가하면서 우리의 축산 농가는 글로벌 경쟁 체제에 진입하게 되었고, 이에 대한 우려의 목소리가 많았다. 하지만 모두가 최고 품질의 축산물을 위해서 농장 생산에서 판매까지 전 유통 단계에 걸쳐서 철저한 관리가 이루어지는 우리의 축산물은 수입산과 비교해도 당당히 맞서서 이길 만큼 최고의 품질을 갖

• 2015 대한민국 축산물 브랜드 페스티벌

고 있다고 확신한다.

요즘 우리 축산계는 FTA 체결 등으로 인한 해외 축산물과의 경쟁과 더불어 '김영란법'으로 인해 또 다른 타격을 받는 등 힘든 상황 속에 있었다. '부정 청탁과 금품 등 수수의 금지에 관한 법률 시행'인 김영란법은 대한민국을 청렴사회로 만들자는 취지는 좋지만, 이 법 때문에 또 다른 피해자가 생길 수 있다는 점은 좋지 못하다.

우리 민족은 추석이나 설 등 명절에 농축산물로 서로의 감사한 마음을 나누는 좋은 풍속이 있는데 이런 풍속마저도 법에 의해서 규제를 받아서 자유롭지 못하게 될 수 있다. 게다가 정성스럽게 생산된 농축산물들이 법으로 인하여 소비되지 못하게 되면 농가구와 축산업 가구들이 직접적인 피해를 받게 된다. 이는 축산농가들이 속절없이 피해를 받지 않도록 함께 노력해야 할 부분이다.

나는 2015년 국정감사에서 FTA 체결로 인해 축산업계에 매년 1,038억 원의 피해가 발생하고 있는 만큼 지속가능한 축산업 영위를 위해서 무역이득공유제 도입과 정책자금 금리 1%대 인하 등의 대책 마련을 촉구하였다. 그리고 총체적인 부실이 드러난 구제역 백신 관리의 중요성을 강조함과 더불어 이천시 모전리와 모가면의 매몰지 인근 주민들이 침출수 오염으로 인해서 많은 고통을 받았던 만큼 침출수 유출 여부 등 꼼꼼한 구제역 사후 관리를 주문하였다.

우리 축산물은 돼지고기 이력제나, 축사 환경 개선을 통한 한우 사육의 질적 개선 등을 통해서 끊임없이 품질 관리를 하고 소비자들에게 신뢰를 주기 위해서 노력하고 있다. 축산 농가의 이러한 보이지 않는 노력에 뒷받침하며 내가 할 수 있는 한 최선의 도움을 드리고 싶다. 이천은 경기도 내에서 최대 낙농산지라고 볼 수 있다. 도심 속에 친환경 목장이 조성된 이천을 선진 낙농산지로 발전시킬 수 있도록 끊임없이 축산농가와 소통하고 연구할 마음으로 이천의 축산인들을 만나고 있다.

● 이천의 축산농가를 방문했다.

● 축산농가 방문   ● 이천시 홀스타인 엑스포 방문

도자기와 복숭아의 고장
이천

○ ● ○

온몸에 새겨진 시간의 역사 이천도자기

한창 꽃이 피고 아름다운 계절에 이천세라피아에서 막을 올린 '이천 도자기축제'에 다녀왔다. 남경필 경기도지사님 그리고 조병돈 시장님을 비롯한 많은 귀빈분들과 함께 아기자기하면서도 빼어난 맵시를 자랑하는 이천 도자기의 아름다움을 눈으로 직접 볼 수 있었다. 주말을 맞아 도자 빚기와 도자 순례 등 볼거리와 즐길 거리가 다양한 이천의 설봉공원으로 나들이 온 수많은 이천 시민들의 웃음 가득한 얼굴을 한자리에서 볼 수 있어서 좋았다.

우리나라에서 만든 가장 아름다운 물건을 고르라고 하면 나는 자신 있게 도

● 이천도자기축제 방문

자기라고 이야기할 것이다. 고려청자에 상감 기법으로 새겨진 오묘한 그림과 그 자태라든지, 조선 백자에서 뿜어져 나오는 아우라는 어떤 문화유산도 흉내 내지 못할 것이라 생각한다.

고려시대부터 국제적인 명성이 시작이 된 도자기는 우리의 땅과 흙에서 흘러나오는 생명력과 도자기 장인의 섬세한 손길이 만나서 만들어내는 특별한 예술작품이다.

이천의 도자기 하면 누구나 고개를 끄덕인다. 이천의 도자기가 훌륭하다는 사실은 이미 역사가 증인이 되어 주고 있다. 이천 지역에서 출토된 삼국시대 토기 편들을 보아도 이천에서의 도자기 제조는 이미 역사적인 시간을 뛰어넘고 있는 것 같다. 이천읍 사음리나 마장면 해월리, 모가면 산내리 등지에서는 가마터 흔적과 도자기 조각들이 출토가 되었고, '사기막골', '점말' 등의 지명을 통해서도 이미 오랜 전부터 이 지역에 도자기 마을이 형성되어 있음을 알 수가 있다고 한다. 16세기 초에 편찬된『동국여지승람』에서도 백옥과 함께 이 지역 특산품으로 기록할 만큼 이천의 도자기는 오랜 역사를 가지고 있다.

나는 어떠한 지역을 말할 때 그 지역의 땅이 어떠한지를 본다. 사실 그 땅이 어떠하냐에 따라서 좋은 인재가 나오기도 하고 그 지역의 생산품의 품질이 어떠한지도 결정된다고 믿기 때문이다. 이천에서 서희 선생이나 어재연 장군처럼 패기 있고 당당한 기운이 흐르는 인걸들이 배출되었던 것처럼 이천의 땅에서 생산되어 나오는 도자기 역시 자태와 색깔이 당당하고 자신감이 넘친다. 아무도 쉽게 따라갈 수 없는 기운이 서려 있기 때문이다.

적어도 청동기 시대부터 토기 제작이 활발하게 이루어져 왔다는 이천의 도자기 제조는 역사를 거치면서도 뚜렷이 그 명맥을 이어왔다. 이천이라는 지역 자체가 백제와 고구려의 점령기를 거치고 삼국시대 후반까지 여러 나라 패권의 각축장이었기 때문에 삼국의 여러 가지 도자 스타일이 혼재되어 나타났다. 그러면서 조선시대에 들어와서 이천의

도자기는 특산품으로 기록이 된다. 이천의 사기막골과 해월리, 마옥산, 관리 가마골 및 점말 가마터 등을 통해서 아름답고 깨끗한 이천의 도자기들이 생산되었다. 특히 사기막골은 예전에 가마터가 5군데나 있었던 곳으로 이곳의 도공들의 솜씨는 전국에서도 소문이 자자했다고 한다.

그런데 조선 중기를 넘어가면서 도자기 제작은 점점 쇠퇴하게 되고 조정에서는 이천의 도공들을 다른 지역으로 차출하면서 현지의 도자기 생산이 위축이 되었다. 그리고 차출을 피하기 위해서 도공들 스스로 도예업을 그만두거나 전업을 하였다.

도자기 생산이 쇠퇴하면서 이천 지역 곳곳에서는 옹기를 제작하기 시작했다. 그중에서도 신둔면 수광리와 백사면 조읍리 점말, 장호원읍 노탑리 등지에는 한국 전쟁 이후 1960년대까지 옹기가 제작되었다.

신둔면 수광리에는 특별한 가마가 있었다. 수광리 일대에는 칠기라는 검은 색의 생활 도자기를 제작하는 가마가 두 곳 있어서 도자기 제작의 맥을 잇는 데 톡톡한 역할을 했다. 칠기는 옹기의 일종으로 유약이나 손가락을 사용해서 무늬를 그려 넣는 방법이 옹기와 비슷하다. 그러나 엄선된 사토와 점토를 사용해서 만든다든지, 물레 성형과 굽깎기를 하고 두벌구이를 하는 등 제작 기법 등에서는 오히려 도자기와 비슷한 것이다.

1955년 무렵에 설립된 한국조형문화연구소와 한국미술품 연구소에서는 고려청자와 조선 백자를 재현해 보려고 시도했다. 그러나 재정적인 어려움에 부딪히자 몇 년을 지탱하지 못하고 그만 문을 닫게 되었다. 두 연구소를 기반으로 일했던 도공들은 자연스럽게 이천으로 자리를 옮겼다. 서울과도 가까운 지리적인 환경과 도자기를 집중해서 연구할 수 있는 작업 환경 덕분에 도공들은 신나게 다시 도자기를 만들 수 있었다. 그러나 전쟁 직후 국내에 들여 온 플라스틱제품 등 새로운 재질의 식기들이 보급되어 도자기에 대한 관심은 줄어들게 되었다. 하지만 1965년 한일협정이 체결이 되고 일본인들의 한국 방문이 자유로워지면서 전통 도자기의 수요가 급증하자 가마들의 생산이 활기를 띄게 되었다. 그 후 약 10여 년간 일본인들은 도자기에 깊은 관심을 보였고 이천의 전통 도예산업도 덩달아 활기를 얻게 되었다. 1960년대 사기막골 도예촌은 일본에 한국의 도자기 붐을 일으킨 곳이다. 지금은 현대예술을 추구하는 젊은 도예가들이 활동하는 곳이 되었는데 그 당시 사기막골은 예술 도자 위주의 명장 도예가들의 계곡이었다고 한다. 혼이 담긴 멋진 도자기들을 만들고 있는 장인들의 모습이 눈에 선하다. 이때 부흥했던 도자기 가마가 80년대 들어서 더욱 부흥해서, 그 이후 이천은 명실공히 우리나라 전통 도자기의 주요 생산지로 자리 잡게 되었다.

1987년부터 이천도자기 축제가 생겼고 축제의 국제화를 위해서 1995년에는 이천도자기 조합이 설립되었다. 도자기 문화를 살리고자 하는 이천의 적극적인 노력은 이천도자기축제 활성화의 원동력이 되었다. 그러한 노력의 결과로 2001년에는 이천에서 세계도자기 엑스포가 열리게 되었다.

이런 역사적 과정을 거치면서 지금의 이천이 도자기의 고장, 흙빛이 만들어내는 아름다운 빛깔로 출렁이는 도시가 되었던 것이다. 지금도 이천의 곳곳을 다녀보면 도자기와 예쁜 옹기들을 파는 곳을 많이 볼 수 있다. 여러 가지 색깔의 다양한 모양을 한 도자기와 옹기들이 눈을 즐겁게 해 준다. 그리고 이천의 자랑거리인 설봉공원에 가면 볼 수 있는

● 이천세계도자센터

도자 가마터라든지 가마 조형물 등을 보면서 '이곳이 진짜 도자기의 도시로구나!'하는 생각이 저절로 든다.

　가까운 곳에 있는 이천세계도자센터에서는 주옥같은 현대 도자기들을 감상할 수가 있다. 도자 명장들이 남긴 멋진 도자기들뿐만 아니라 젊은 작가에서부터 외국 작가의 작품에 이르기까지 다양한 예술품들을 감상할 수 있어 좋다. 이천세계도자센터에는 매 홀수 해에 세계도자비엔날레를 개최해서 세계 여러 나라에 있는 도자기의 아름다움을 즐길 수 있다. 센터의 내부에는 도자 연구센터를 비롯해서 전통 가마와 곰방대 가마 그리고 도자기로 만들어진 공원인 토야랜드, 흙 놀이장과 흙 놀이 공원 등의 볼거리들도 풍성하다.

세계인이 인정하는 아름다움 이천 도자기

2015년 프랑스 메종&오브제에서 우리나라 이천의 도자기가 전시되었다. 다양한 문양과 색깔과 디자인을 갖춘 우리의 이천 도자기가 세계의 최대 생활 소비재 및 인테리어 박람회인 메종&오브제 파리에 한국의 도자를 대표하여 참가했다. 가을 시즌에 맞춰 열린 이 행사는 25만 평의 전시 공간에 약 3천여 개의 전시 업체들이 참여하는 프랑스 최대의 인테리어 박람회이다. 유럽은 물론 미국, 중동 및 아시아에서 몰려든 수많은 사람들이 관심을 갖고 이 행사에 참여를 한다. 전 세계의 예술 흐름을 이어가는 예술가들뿐만 아니라 유명한 부호들과 기업 마케터들도 많이 참여한다.

최근의 이천시의 자랑스러운 성과라고 한다면 유럽의 도자산업을 주도하고 있는 프랑스의 리모주와 2015년 4월에 자매결연을 맺었다는 것이다. 유럽 도자의 선두 도시인 리모주(Limoges)와 이천이 상호 교류를 실천해 나가기로 결정했다는 것은 매우 의미가 있다. 리모주와 자매

● 이천의 도자기가 전시된 메종 오브제

결연을 맺으면서 두 도시는 예술과 문화 분야에서 정기적으로 교류하며 도자 분야에서의 지식과 정보의 교류를 위해 전시회 참여뿐만 아니라 관계 전문가와의 교류도 넓혀가기로 했다. 유네스코 창의 도시인 이천이 문화와 예술의 향기가 가득한 도시의 문화재를 교류하며 글로벌화를 꿈꾸는 소중한 발걸음을 내딛게 된 것이다.

이것은 비단 문화 예술 분야에서뿐만이 아니다. 예술을 통해서 경제적 발전을 꿈꿀 수 있도록 노력했다. 두 도시의 학교들 간의 자매결연 협정, 도자 기술의 교류, 경제와 농업 연구 기술 등의 교류 등 여러 가지 활동을 통해서 경제적 효과를 거두기 위해 꾸준히 노력할 것이다. 또한 상호 관광 홍보를 통해서도 마찬가지이다. 두 도시의 산업 교류를 위해서 상공회의소 간의 교류를 실시하고 도자 교류뿐만 아니라 농업 생산에 관한 교류까지 범위를 확대해서 두 도시의 특성을 깊이 이해하고 상호 발전할 수 있도록 했다.

메종 오브제에서는 '아이세라(I-CERA)'라는 이천의 도자 브랜드가 수많은 사람들의 주목을 받을 수 있는 최적의 위치에 전시가 되어서 많은 각광을 받았다. 한국의 미를 '동시대가 요구하는 아름다운 쓰임'이라는 주제로 전통적인 도자의 아름다움을 현대적 감각에 맞게 구성된 인테리어가 돋보였다. 핵심 전시관에 배치되었다는 것 자체가 이미 이천의 도자기가 감각적으로 우수하고 이미 브랜드 가치를 어느 정도 인정받았다는 증거가 된다.

나는 우리가 갖고 있는 문화유산의 아름다움이 세계의 다른 이들의 눈에도 보일 수 있다고 생각한다. 아마 그들은 비록 현대화되었지만 이천의 도자기에서 흘러나오는 근원적인 아름다움을 충분히 캐치하였으리라. 나는 전통과 예술 그리고 실용성이 모두 겸비된 이천의 도자기가 세계 속으로 더욱 뻗어나갔으면 하는 간절한 바람이 있다.

오묘한 빛깔의 상감청자, 거친 맛이 매력인 청자에 하얗게 분칠을 한 분청사기, 조선 선비의 고결함과 위엄이 느껴지는 백자는 아름다운 우리 도자기의 기본이다. 나는 개인적으로 한국인의 거칠고도 역동적인 삶을 표현한 것 같은 분청사기를 좋아하는데 왠지 투박하고 힘차 보이는 것이 상당히 매력적이다. 우리의 도자기는 이렇듯 오랜 역사 속에서 변함없는 원형을 간직하고 있다. 거기에다가 현대적 감각을 입히고 다양한 상상력을 결합시킨 여러 가지 테마의 도자기들이 세계인들의 시선을 받고 독특한 문화로서 인정받는 것은 정말로 뿌듯한 일이다. 요즘에는 한지와 한글도 동양적인 디자인과 취향을 선호하는 세계인에게 새로운 감각을 가진 문화재로 각광받고 있다. 이천의 도자기도 그 독특한 한국인만의 감성으로 세계인의 식탁과 부엌, 거실에서 여러 용

도로 사용되는 생활용품이 되기를 기대하게 된다.

연분홍빛 도화가 가득히, 복숭아의 고장 이천

예로부터 '도화(桃花)' 하면 신선이 사는 무릉도원에서 맑은 시냇물 위로 그 흐름을 따라 아름답게 흘러가는 배경에 늘 등장하는 꽃이었다. 어린 소녀의 뺨에 흐르는 빛처럼 발그레한 연한 빛의 꽃이 아름답게 피어있는 풍경을 자주 볼 수 있는 곳이 바로 이천이다. 이는 이천 장호원의 특산물인 복숭아 덕분이다.

복숭아의 고장으로 유명한 장호원의 미백과 황도는 열매에 수분이 많고 당분이 많다. 9월 중순부터 10월 초반까지만 한정적으로 재배할 수 있는 황도는 매우 귀한 열매 취급을 받는다. 중국에서부터 건너 온 복숭아는 황허강 및 양쯔강 유역이 원산지이다. 그리고 우리나라에는 청동기시대 초기부터 복숭아를 먹었다는 기록이 있고, 본격적인 재배는 삼국시대부터 한 것으로 보인다. 이천에서는 1930년대부터 재배가 시작되었다고 하고 이천의 복숭아 재배 면적은 경기도에서 60%를 차지할 정도로 많다. 지금이야 사시사철 먹고 싶은 과일을 먹을 수 있지만 과거 우리가 어렸을 때에는 여름에 복숭아를 먹는 것도 신기하고 귀했다. 여름의 따가운 햇살 아래에서 푹푹 익어서 맛이 더 달았을 복숭아. 향긋하고 달콤한 냄새와 단맛과 신맛을 모두 느낄 수 있는 복숭아가 나는 참 좋았다.

복숭아는 백도와 황도, 천도 등 종류가 다양한 만큼 품종별로 맛도 다양하다. 열매의 꼭지 반대쪽으로 갈수록 당도가 높다. 장호원의 명물인 햇사레 복숭아로 노란 빛을 띠고 있는 황도는 단단하고 달아서 통조림 등 가공용으로 이용이 되어 판매되었으나 현재는 생식용 품종으로 늦게 출하가 되고 있다. 그리고 맛이 좋은 만큼 보관이 까다롭기도 하여서 냉장온도(0~4℃)에서 보관하면 표면이나 내부가 갈색이나 흑색으로 변하고 맛이 떨어진다. 그리고 오랜 시간동안 냉장고에 보관하면 단맛이 떨어지고 질겨진다. 그래서 복숭아를 제대로 즐기기 위해서는 상온에 두었다가 먹기 한 시간 전에 냉장고에 넣어서 꺼내어 먹는 것이 좋다.

장호원 복숭아를 '미백도'와 '황도'라고 부르는데 하얗고 아름다운 복숭아라는 의미에서 '미백'이고 누런 빛깔을 갖고 있다고 해서 '황도'라고 이름이 붙여졌다. 두 개의 품종 모두 이천의 장호원에서 가장 먼저 심기 시작한 과일이라고 한다. 일제 강점기에 천안에서부터 이곳 장호원까지 철도가 놓이게 되었는데 그 덕택에 장호원의 경제가 살아나고 풍족해지게 되었다. 그래서 이 지역에 여러 가지 과수원들이 생겨나게 되었는데 그때 장호원에서 생산된 대표적인 과수들은 복숭아, 배, 사과였다. 그러다가 전쟁이 터지고 대전으로 피난을 가게 된 과수원 주인은 대전에서 어떤 미국인 선교사가 복숭아를 재배하는 것을 보게 되었다. 그래서 그 과수원 주인은 선교사에게 복숭아 가지를 얻어 장호원으로 돌아와 접붙임을 했다. 그러자 전에 키우던 것보다 더 크고 당도도 좋은 복숭아가 열리게 되었다고 한다. 그래서 미국에서 들여 온 하얀색 복숭아란 의미의 '미백도' 라는 이름이 붙여지게 되었다.

요즘 이천에서는 복숭아 가공 식품을 개발해서 판매하려는 노력을 하고 있다. 이러한 시도가 매우 긍정적이라고 생각한다. 이천시 장호원에 있는 복숭아 연구소에서는 '복숭아를 이용한 와인', '복숭아 초콜릿' 등을 개발했다. 복숭아 재배자와 초콜릿 제조기업이 힘을 합쳐서 복숭아 가공식품을 만들어 일반 대중들에게 팔 수 있는 좋은 아이디어이다. 마치 제주도의 감귤 초콜릿처럼 이천의 특산품인 복숭아를 누구나 좋아하는 초콜릿과 결합시켜 만든 것이다. 그리고 초콜릿은 누구나가 좋아하고 쉽게 만들 수 있는 아이템이라서 복숭아 축제 때에는 그곳을 찾은 시민들이 복숭아 초콜릿 만들기를 하면서 재미있는 체험도 할 수 있다. 일석이조의 효과이다.

● 장호원복숭아

복숭아로 만들 수 있는 가공식품의 종류가 무궁무진하다고 생각한다. 앞으로 초콜릿 이외에도 '복숭아 말랭이', '복숭아로 만든 막걸리', '복숭아 발효음료', '복숭아 소주' 등 사람들의 입맛과 취향을 연구하면 생각지도 못한 풍부한 가공식품들이 등장할 것이다. 이런 시도들이 계속된다면 좋은 점도 많이 생겨날 것이다. 우선 농가들이 활력을 갖고 생산을 할 수 있게 된다. 그리고 생각지도 못한 히트 상품이 나와서 전국에 있는 소비자뿐만 아니라 지역에 있는 사람들도 그 상품 브랜드 가치의 이득을 톡톡히 보게 된다. 그리고 이러한 효과는 다른 특산물을 가진 지역에도 충분한 자극을 주어서 지역 경쟁력도 확보할 수 있게 해준다.

가을에 열리는 장호원 복숭아 축제도 신나는 경험이다. 대형 접시에 만든 복숭아 화채를 지역 주민들이 모두 나누어 먹고, 다 같이 모여서 즐길 수 있는 레크리에이션도 진행이 된다. 팔씨름 대회에서 우승한 사람이 복숭아 한 상자를 선물로 받고 돌아가는 신명나는 놀이마당이 펼쳐지는 자리이다. 아이, 어른 할 것 없이 모두 모여서 한바탕 즐겁게 놀고 살아있는 추억을 만들 수 있다.

비타민이 풍부하고 혈액 순환에도 좋은 복숭아는 몸에도 좋고 맛도 좋은 상품이기 때문에 앞으로 더욱 성장할 것으로 예측된다. 이천의 아름다운 소산물인 이런 특산물을 대한민국 전 지역에 있는 모두가 간편하게 맛볼 수 있도록 만들어보는 것이 나의 꿈이다.

아이스복숭아 MOU 체결을 이끌어내다

아이스복숭아의 탄생은 "아이스홍시는 있는데 왜 아이스복숭아는 없을까?"라는 궁금증에서 시작되었다. 아직은 1차 생산물인 원물에서만 머물고 있는 이천의 복숭아를 '제2의 아이스 홍시'로 만들고 싶었다. 이천의 특산물인 복숭아를 아이스복숭아로 만들면 여러모로 긍정적인 효과를 불러일으킬 것이라는 생각이 들었다. 나는 이러한 아이디어를 그저 생각에 그치지 않고 행동으로 옮겼다. 협의와 중재를 통해 2016년 2월에는 미래창조과학부 산하 한국식품연구원과 햇사레과일조합공동사업법인의 업무협약(MOU) 체결을 이끌어 내었다.

이번 협약에서 이천 특산물인 복숭아의 가공 연구를 통해 기술을 개

● 아이스복숭아 MOU

발하여 복숭아를 이용한 다양한 제품을 만든 후, 상품화를 위한 인적·물적 자원의 교류를 지속적으로 추진하기로 합의했다. 이를 통해 복숭아를 해외에 수출하여 복숭아 시장의 판로를 개척할 뿐 아니라, 최근 급성장한 빙수 시장의 대체제로서의 성장을 기대하고 있다.

또한 이번 R&D 연구 성과가 복숭아 재배농가의 소득증대를 야기할 것으로 예상되어 경제적 혜택에 대한 기대도 품고 있다. 아이스복숭아는 이미 여러 전문가로부터 상품성이 검증된 바 있기 때문에 지역경제 활성화 및 일자리 창출 등의 긍정적인 파급효과를 발생시킬 수 있을 것이라고 기대를 모으는 제품이었다.

아이스복숭아의 탄생은 궁금증에서 시작되었고 이러한 궁금증이 아이디어로 발전한 사례다. 이러한 나의 작은 아이디어가 새로운 제품을 개발할 수 있는 데 큰 역할을 했고 복숭아 재배농가의 경제적 혜택에까지 영향을 준 것이다.

이번 MOU 체결로 인하여 복숭아를 식품소재로 개발한다면 아이스크림, 제과와 제빵 소재 등 다양한 분야에서 활용 가능할 것으로 전망되고, 더 나아가 아이스복숭아 개발은 농업의 새로운 패러다임을 이룰 수 있을 것이라 생각한다. 우리의 좋은 특산물의 고부가가치 창출을 위한 인프라 구축에 힘써 이천 시민의 경제에 보탬이 되는 데 기여를 하여 뿌듯한 마음이 들었다.

● 햇사레 과일영농조합을 방문한 윤명희 의원님

○ ● ○

쌀의 고장에서
도농복합도시로

○ ● ○

대기업들의 진출

지난 6월 이천 시청의 소통마당 1층 대회의실에서는 SK 하이닉스 이천 공장을 위한 시민운동백서 출간식이 진행이 되었다. 그동안 하이닉스의 이천 공장 증설을 위해서 온 힘을 다하여 노력한 이천 시민들의 땀방울이 고스란히 담겨져 있는 백서이다. 이천 지역 경제의 큰 성

● 시민운동백서 출간식 참석

장 동력인 SK 하이닉스의 발자취가 고스란히 담겨 있는 백서의 발간식을 통해서 SK하이닉스와 이천의 눈부신 미래를 바라볼 수 있는 시간이었다. 하이닉스 공장 증설을 위해 한마음 한뜻으로 애쓰신 이천 시민이 있었기에 지금의 자리가 마련될 수 있었던 것이 아닐까 한다.

우리는 고속도로에서 이천에 진입하자마자 거대한 철골구조같이 우뚝 솟은 건물을 볼 수 있다. 바로 SK 하이닉스이다. 하이닉스는 명실공히 이천 시민과 함께 성장한 기업체이다. '기업의 발전이 지역 발전의 원동력'이라는 말을 증명하듯이 하이닉스가 이룩한 반도체의 눈부신 성과는 곧 이천 지역의 발전에 기여했다.

이천은 서울에서 가까운 지리적인 환경과 물류의 중심에 있다는 이점 때문에 기업들이 진출하기에 유리한 위치다. 편리한 교통망과 만족스러운 자연 환경도 기업들의 이천 진출에 한몫했다. 하이닉스의 경우는 2003년부터 흑자를 기록하면서 전환기를 맞게 되었는데, 2006년 하이닉스는 이천 공장에 13조 5천억 원 정도의 자금을 투입해서 3개의 생산 라인을 증설하는 안을 추진하였다. 그러나 이 안은 곧 반대에 부딪혔다. 정부가 구리 사용으로 인한 환경 문제와 국가균형발전이라는 논리를 내세우면서 이천에 공장을 증설하는 것을 막았던 것이다.

원래 하이닉스는 3개의 생산 라인을 모두 이천에 건설할 계획이었다. 그러나 정부와 비수도권 주민들이 반대 입장을 보였다. 그래서 하는 수 없이 1차는 이천, 2차는 청주, 3차는 이천에 투자하려는 투자 계획안을 산자부에 제출했다.

그러나 투자 계획안에 대해서 정부가 허락할 수 없다는 입장을 보이자 또 다시 산자부에 제출한 투자 변경안을 통해서 먼저 청주에 1차 생산라인을 건설하고 규제가 풀리면 2차 생산라인을 이천에 건설하겠다는 입장을 밝혔다. 결국 이 일은 이천 시민들의 분노를 일으키고야 말았다. 당시 하이닉스가 이천 경제에 미치는 영향은 60% 이상이었기 때문이다. 이러한 수치를 떠나서 이천은 하이닉스와 함께 성장한 역사가 있기 때문이다. 지역 경제에 막대한 영향을 미치는 하이닉스가 막대한 예산을 투입해서 6천여 명의 일자리를 창출하겠다는 추가 계획서를 발표하면서 이천의 경제는 희망에 가득 차 있었다.

그러나 당시 정권이 수도권의 공장 증설에 제동을 걸었고, 그 결과로 나타난 하이닉스 이천공장 증설 불가는 이천 주민들의 분노를 사기에 충분했다. 2007년 국회의사당 앞에서 이천 시민을 대표하는 국회의원과 도의원 그리고 시의원들이 하이닉스 증설을 촉구하면서 삭발시위를 벌였다. 눈물을 머금고 단행한 것이었다. 정부가 수도권을 규제하는 정책과 시대를 역행하는 국가균형발전론을 내세워서 일자리 창출을 막고 있는 셈이었기 때문이다. 기업이 투자를 결정해야 하는 것이 경제를 성장시키기 위해 필요한 것임에도, 정부의 과도한 규제가 자율적인 경제 성장을 막을 수 있는 것이기 때문이다. 그러나 과거 이러한 진통을 겪으면서 이천과 한몸과 한 정신을 이루며 성장한 하이닉스는 여전히 이천의 동반자 역할을 충분히 하고 있다.

● sk 하이닉스

그리하여 이천과 하이닉스의 관계는 더욱 끈끈해졌다. 이천은 2013년 말 하이닉스 증설을 계기로 지역 발전의 커다란 전환점을 맞고 있다. 이천시와 하이닉스는 동반 성장과 지역 경제 활성화를 위한 양해 각서를 체결하고 앞으로도 계속적인 자금을 투자하여 제조 시설과 유틸리티 시설 그리고 자재 창고, 기숙사 등을 연차적으로 건립할 계획도 갖고 있다.

무엇보다 가장 중요해 보이는 긍정적인 효과는 하이닉스가 여러 일자리를 창조하였다는 점이다. 현재까지 하이닉스의 증설과 관련해서 연구직, 사무직, 도급 인력 등을 포함하여 약 3,500여 명의 일자리가 확대가 되었다. 도시이든 농촌이든 청년 실업이 문제가 되고 있는 요즘 같은 상황에서 하이닉스 증설의 의미는 매우 크다.

SK 하이닉스와 더불어 이천에서 향토기업으로 함께 하는 또 다른 기업은 OB 맥주이다. 맥주 공장이 이천에 있는 이유는 너무도 단순하다. 이천의 물이 맑기 때문이다. 그리고 진로 소주와 샘표 간장, 해태음료 등이 이천에 위치하고 있는 것도 같은 이유에서이다. OB 맥주의 경우에는 최신 자동화 설비 시스템을 갖추고 높은 양조 기술을 바탕으로 최고 품질의 맥주를 대량으로 생산한다. 공장 설립 당시인 70년대까지만 하더라도 값비싼 술로 인식이 되던 맥주를 모두가 즐겨 마시는 대중적인 주류로 정착시키는 데 기여했다.

그리고 하이닉스와 OB맥주 공장들이 입지해 있는 부발역은 2016년까지 이천 부발읍에서 충주를 연결하는 총 연장 53.3km 중부내륙 고속철도가 완공이 되고 부발읍에서 성남-여주선과 평택-원주로 연결이 되는 복선 전철이 교차가 되어서 교통의 3개 노선이 환승이 되는 교통의 중심지로 부상할 전망이다. 좋은 지리적 조건과 뛰어난 교통망이 이천에 기업들이 세워지는 이유이다.

그리고 최근에는 롯데 아웃렛이 이천에 들어서게 됨으로써 이천이 중부권 최대의 물류단지로 떠오르게 되었다. 서울뿐만 아니라 다른 지역에 있는 많은 사람들이 고속도로를 타고 이제 이천으로 와서 쇼핑을 하고 집으로 돌아간다. 롯데 아웃렛의 등장은 지역 주민들의 고용 창출 효과를 불러일으키고, 유통업계의 경쟁과 성장에 가속화를 일으켜 경제적 이익을 창출하게 된다.

이천과 기업들의 조화로운 상생관계는 기업들이 지역 주민들을 위해서 장학 기금을 제공하고 이웃돕기 성금을 내면서, 지역 주민들이 이 지역의 혜택을 입은 기업들에게 다시 혜택을 받을 수 있도록 아름다운 순환 구조를 이루며 함께 성장해 왔다. 이제 이천은 최적의 입지조건과 대기업들의 진출을 기반으로 도시형 구조를 가진 도농복합도시로 꾸준히 발전하고 있는 중이다. 그리고 그 아름다운 동반자적 관계는 도시의 성장과 함께 성숙기를 맞게 될 것이라 믿는다.

중부지역 교통의 중심지 이천

2015년 말 이천시 남부권역의 교통 환경을 확실하게 개선시킬 남이천 IC가 개통이 된다. 남이천 IC가 개통이 되면 대월, 모가, 설성, 율면, 장호원 등 이천 중남부권역의 교통 환경이 나아질 것이다. 그리고 중부 고속도로의 교통 체증이 분산이 되고, 물류 비용이 절감되며 지역 경제가 활성화되는 효과를 덤으로 얻게 된다.

남이천 IC 건설은 그다지 쉽지만은 않았다. 정부의 세종시 건설로 인한 제2경부고속도로 건설 계획 발표로 중부고속도로의 확장 사업이 보류되었고, 시에서 꾸준히 국토교통부와 기획재정부를 방문하여 남이천 IC의 설치를 피력했지만 설치 불가라는 답변을 받기도 했다. 예산 확보가 어렵기도 했다.

● 이천 남이천IC

그러나 우여곡절 끝에 건설된 남이천 IC는 앞으로 명실상부 교통의 요충지로서 역할을 하게 될 것이다. 9년여의 시간을 통해서 계속된 이천시의 계속적인 노력과 확고한 의지로 만들어지는 남이천 IC. 원주와 평택을 잇는 전철역(송갈역)과 마장신도시에 이어서 모가 도시, 농어촌 테마박물관 등 함께 개발되는 여러 시설과 연계가 된다면 가늠할 수 없는 경제적 가치를 창출하게 될 것이다. 이천이 앞서가는 수도권 도시로 확실하게 실력 발휘를 할 수 있을 것이다.

남이천 IC개통과 관련해서 또 중요한 도로 사업이 있는데 바로 성남-이천-여주를 이어주는 복선전철사업이다. 사실 이 사업은 이천 지역 사람들뿐 아니라 수도권에 거주하고 있는 많은 이들의 관심사이기도 하다. 이 사업은 지난 2002년 기본계획을 수립하여 사업을 진행시켜 왔다. 복선전철은 2016년 상반기쯤에 개통될 예정인데 총 연장 길이 57km, 2조 388억 원의 예산이 소요될 것으로 추산하고 있다.

복선전철의 개통으로 이천은 경기도의 발전을 앞당기는 도시가 될 것이 분명하다. 또한 익히 알고 있듯이 개통으로 인하여 역사 주변이

번화할 것이고, 서울 및 다른 지역에서 이천을 방문하는 분들이 더욱 편리하게 이동할 수 있는 길이 열리게 된다. 그리고 지금 이천시에서 추진하고 있는 부발-충주-문경을 잇는 중부내륙전철사업도 활발히 이루어져서 마무리가 되면 이천은 얼마 지나지 않아 수도권 교통의 요충지가 되어 있을 것이다.

물론 지금 이천은 영동고속도로와 연결된 동이천 IC의 설치도 적극적으로 추진하고 있다. 하지만 아직 검토 단계에 머물러 있고, 부발-장호원 6공구만 경제성을 이유로 미착수하여 국도 3호선과 연계가 되지 않고 있는 것이 현실이다. 그러나 적극적으로 예산을 확보하고 지역의 균형 발전을 위한 정부의 관심이 확대되도록 노력을 한다면 그리 어려운 일이 아니다. 여러 가지 진통을 겪고 교통 인프라가 확대가 된 후 확실히 이천의 발은 넓어질 것이고, 많은 이들이 이천을 향해 들어오고 나갈 것이다. 이제는 그 후의 일을 생각하고 이천의 미래의 청사진을 그려 본다.

그리고 성남-장호원 간의 자동차 전용도로가 부분 개통이 되었다. 이 자동차 전용도로는 수도권의 광역 교통 문제에 효율적으로 대처하기 위해 광역 교통망 계획에 따라서 출발한 사업이라고 볼 수 있다. 완성이 되면 이천 시민들이 수도권을 왕래하는 데에 시간과 비용이 현저하게 줄어들 것이다. 이제 이천시에서 외부와 연결되는 도로들의 확장으로 더 많은 이동과 교류가 이루어질 것으로 예상이 된다.

이천 중리 택지지구 개발 사업, 원안대로 통과

　이천 시민이라면 누구나 한 번쯤 시청과 경찰서 그리고 세무서 등을 방문할 때 다소 거리가 멀어 도보로 이동하기 부담스럽다는 생각을 해 보았을 것이다. 그렇기에 많은 이천 시민들이 시청 인근 행정타운이 이천 도심과 연결되어 있다면 하는 아쉬움을 가지고 있었다. 그렇다면 교통도 훨씬 편리해지기 때문이다. 이러한 불편을 해결하기 위해서 중리지구 택지 개발 사업에 대한 필요성이 대두되고 있던 상황이었다.

　나는 관련부서와 이천시의 의견차이로 멈춰있는 중리택지지구 개발사업의 원활한 진행을 위해 수도권정비실무위원회에 의견을 강력히 피력하였다. 이를 통해 2016년 1월에 이천시가 제출한 도시개발계획(안)이 원안대로 통과될 수 있도록 함으로써 이천시가 35만 자족도시로 성장할 수 있는 기반을 마련하였다.

● 중리택지 지구

협약의 주된 내용은 기존에 추진 중인 이천 중리지구의 조기 조성과 지역 성장관리 및 발전방안 마련을 위해 양 기관이 상호 협력한다는 것이다. 이 협약의 체결로 이천시와 LH 간 상생 협력 기반을 구축함으로써 수도권 동남부 거점도시로의 발전을 촉진할 수 있게 되었다. 또한 난개발 방지 및 지역 간 균형 발전을 도모하는 데 그 목적이 있기에 중리택지지구 개발사업의 원활한 진행은 이천의 큰 발전을 도모할 수 있을 것으로 전망된다. 이로써 오는 2019년까지, 중리 택지지구 개발을 위해 4천 1백억 원을 투입하여 중리동, 증일동 일원 61만 ㎡에 달하는 면적에 4천 5백여 가구의 공동주택 용지와 각종 공공 편익 시설이 들어설 예정이다.

이천 중리 택지개발지구

대상지역
(86만2천㎡)

자료/ 국토해양부

시민들의 편의를 위해 꼭 해결되어야 할 사안이 관계 기관의 의견 차이로 인해 멈춰있다면 되도록 빨리 그 차이를 조율해서 해결하는 것이 옳다. 특히 이천 중리 택지지구의 개발 건은 이천 시민들의 생활 편의성과 밀접하게 연관된 문제였기에 그 필요성에 대해 더 막중한 책임감을 가지고 일에 매진하였다. 의견을 조율하는 과정에서 많은 어려움이 따랐지만 끊임없는 노력 끝에 결국 이천시가 제출한 도시개발계획(안)이 원안대로 통과될 수 있었다. 이후에 가지게 된 이천 시민들의 삶의 질이 향상될 수 있으리란 기대와 설렘은 그간의 노력에 대한 보상과 같았다.

6차 산업 발전으로 지역에 활기를

최근 들어서 6차 산업이라는 말을 자주 들어보았을 것이다. 6차 산업이란 1차 산업인 농·임·수산업과 2차 산업인 제조업, 그리고 3차 산업인 서비스업이 복합된 산업을 지칭하는 말이다. 아직 도시에서는 첨단 산업과 서비스 산업을 중요시하고 있지만, 이제는 현대적인 문명과 더불어서 개인적인 삶의 질을 중요시하기 때문에 앞으로는 6차 산업에 대한 기대가 더욱 커질 것이다.

예를 들어서 1차 산업인 농업, 그리고 2차 산업인 제조업 그리고 3차 산업인 식당이 하나의 주체로 인해서 복합적으로 만들어지는 것을 말할 수 있을 것이다. 하지만 각 산업이 단순하게 결합하는 형식이 아니라 유기적이고 종합적으로 결합되어 만들어지는 것이라고 볼 수 있다. 농산물의 생산, 가공, 유통과 서비스를 하나로 결합하여 알맞은 가격과 서비스로 도시 지역에 공급할 수 있는 시스템을 갖춘다면 그것이 6차 산업의 좋은 모델이 될 수 있다. FTA를 통한 농산물 개방으로 인해서 농업의 약화된 경쟁력을 강화시킬 수 있는 훌륭한 대안이 바로 6차 산업의 활성화이다.

그래서 2000년대 초부터 정부에서는 농업의 6차 산업화를 이루어 나갈 것을 목표로 전국에 농촌 체험 마을을 조성하였다. 우리나라의 경우 2010년에 개최한 G20 정상 회의를 계기로 해서 우리 농촌의 아름다움을 세계에 널리 알리고자 하는 부흥이 일어났다. 그래서 한국적인 경

관과 훌륭한 전통이 살아 숨 쉬는 농
어촌의 체험 마을을 20여 곳 선정해서
이야기가 있는 여행 코스와 홍보 자료
를 만들었다.

• 6차 산업

가족과 친구, 학교나 공동체 단위
로 농촌을 방문해 농산물을 직접 채취
해서 볼 수 있는 것도 큰 재밋거리다.

촌락에서의 삶을 경험하고 추억을 만들 수 있다는 것은 체험 마을의 가
장 큰 장점이다. 그 지역을 대표하는 특산물을 가지고 음식을 함께 만
들어 보고 한지 제작이나 전통 염색을 직접 두 손으로 해 보는 것은 도
시인들에게는 흔하지 않은 즐거운 경험이 된다. 그뿐만 아니라 어린이
와 청소년에게는 놀이를 할 수 있는 공간, 체력을 키울 수 있는 공간이
바로 농촌이다. 간편한 차림으로 돌아다니면서 곤충을 채집해 본다거
나, 건강을 위해서 맑은 공기와 함께 레포츠를 경험해 보면서 도시 생
활에서 쌓여있었던 스트레스를 해소할 수 있는 기회를 얻기도 한다.

6차 산업화를 만들어가는 촌락 도시들을 살펴보면 여러 가지 공통
점이 있다. 단순한 관광지로서의 시골 농촌이 아니라는 점이다. 그 지
역의 생산물을 통해서 지역의 지리적인 특징을 배우기도 하고, 그 자체
로서 자연의 소중함과 생명력을 배울 수 있는 공간이 되기 때문이다.
한마디로 매우 훌륭한 '교육의 장'이 될 수 있다는 점이다.

그러한 점에서 이천은 도시와 농촌을 잇는 6차 산업을 이루기에 정
말로 최적의 도시가 아닐까 한다. 이천이 갖고 있는 아름다운 자연 환
경 그리고 지역과 전통을 사랑하는 이천 시민들의 아름다운 애향심이

경쟁력이 될 수 있다. 도시 생활에 지친 사람들에게는 휴식과 체험을 주고, 촌락에서는 여러 가지 프로그램을 통해서 지역이 활성화되어가고 경제적인 교화를 누릴 수 있기 때문이다. 이천은 치유 문화 산업으로서의 6차 산업을 만들어 나갈 수 있는 최적의 조건을 가진 도시이다.

농어촌형 승마시설의 대중화를 위해

2015년 8월 말 산업 육성과 승마 대중화를 위한 '농지법' 개정안을 발의했다. 법을 개정해야 하는 충분한 이유는 분명히 있었다. 지난 2012년 농림축산식품부는 농어촌 지역의 새로운 동력 산업으로 말 산업을 육성하기 위해 '말 산업 육성 5개년 종합 계획'을 수립했다. 그리고 이천은 용인·화성시와 더불어서 말 산업 특구 제3호로 공동 지정되었고 이후 정부는 이들 지역들을 도농 교류와 농어촌 체험마을 활성화를 위한 산업허브벨트로 지정했다. 그래서 말 산업 육성 종합 계획 발표에 따라서 정부는 2016년까지 승마 시설을 500개소로 늘릴 계획을 갖고 있었다.

이러한 결정으로 이천·용인·화성, 이 세 도시는 2년간 말 산업 발전을 위한 국비 50억여 원을 지원받게 되었다. 그래서 경기도는 각 시간 업무조정 등의 컨트롤 타워 역할을 맡게 되고, 용인시는 엘리트와 생활 승마를, 화성시는 레저 및 관광을, 이천시는 말 생산 및 유소년 육성에 중점을 두면서 각 지역의 특색에 맞게 서로 조화를 이루어 사업이 추진될 것이다. 수도권 도시들 내에서 자생적으로 형성된 말 산업 인프라들을 연계하여 최적의 말 산업 허브 벨트를 구축할 계획인 것이다. 이러한 동반자적 프로젝트를 통해서 말 산업 및 이와 관련된 산업들이 함께 성장하고, 도시와 농촌의 교류가 활발해지면 각 지역은 소득원을 확보하게 되어서 양질의 일자리가 생길 수 있는 기회가 되기도 한다.

나는 이런 점에서 이천이 말 산업 특구가 되었을 때의 충분한 이점이 있을 것이라고 생각했다. 이천은 말을 사육하는 34개의 농가가 있고, 이들 농가에서 말 460두를 키우고 있다. 또한 4개의 승마장과 말 병원이 1곳이 있다. 함께 말 산업 특구로 지정이 된 용인과 화성도 비슷한 규모의 시설을 갖추고 있다. 이런 말 산업 특구는 향후 5년 이내에 커다란 관광 특구가 될 것이다. 말 산업 육성을 통한 일자리 창출뿐만 아니라 관련된 산업 또한 함께 거대하게 발전할 수 있는 가능성이 크다.

사실 경기도는 전국 승마장의 25%를 보유하고 있다. 그리고 승마

● 말 산업 특구지정 공동추진 업무 협약식에서

를 즐기는 인구가 50% 이상 거주하고 있는 곳이기도 하다. 그리고 사육하고 있는 말도 4,300여 마리 정도다. 이는 전국 대비 17% 이상의 수치다. 제주도의 말만 유명한 것이 아니다. 경기도의 말들도 언제나 지역 경제를 위해서 한 몸 희생하여 뛰어갈 준비를 갖추고 있다.

요즘 갑자기 여성들 사이에서 뜨게 된 마유크림이라는 것을 들어보았을 것이다. 미용과 트렌드에 깊은 관심을 갖고 있는 여성분이라면 보습에 탁월한 효과가 있다는 마유크림에 대한 정보를 한번 정도는 접해보았을 것이다. 그 마유크림의 재료가 바로 '말의 젖(馬乳)'이다. 마유가 이렇게 생산적인 제품의 원료가 될 수 있다는 것은 놀랄 만한 일이다. 말 산업은 이렇게 말의 육성 그 자체만을 이야기하는 것이 아니라 관광, 레저, 재활 그리고 말고기나 마유 생산 등에 이르기까지 6차 산업으로 광범위하게 성장할 수 있는 가능성을 갖고 있다.

그런데 안타깝게도 이런 말 산업 특구화를 막아서는 것이 바로 현행 '농지법'이다. 경기도의 말 산업 육성 계획이 실현되기 위해서는 현행 농지법을 개정해서 농어촌형 승마 시설의 입지를 가능하게 해야 한다. 현행 농지법에 의하면 농어촌형 승마 시설은 체육 시설로 규정이 되어 있어서 농업진흥지역 내 설치가 불가능하기 때문이다. 잠재적으로 충분히 경제적 효과를 거둘 수 있는 말 산업의 발목을 잡고 있는 것이다. 그리고 문화체육관광부의 '체육시설의 설치·이용에 관한 법률'로 인해서도 마찬가지이다. 지자체들이 체육시설부지로 전환하지 않은 농어촌형 승마장에 대해서 철거를 명령하는 등 농어촌형 승마장을 지었던 농가들이 낭패를 보고 있었다.

말 산업 특구 지정에 이어서 농지법 개정안이 통과되면 이천 농촌

지역은 6차 산업화와 고부가가치 창출이 가능해진다. 그리고 경제 활성화에도 기여를 하게 된다. 이천을 명품 농축산업 도시로 만드는 것이다. 이천뿐만 아니라 함께 산업특구로 지정된 도시가 함께 경쟁하고 발전하면서 서로를 북돋아주는 역할을 하게 된다. 물론 중요한 것은 지역 경제를 살리기 위한 중앙 정부의 노력이다. 지원 사업의 취지와 방향을 잘 살려 지원하려는 노력이 수반된다. 그러나 가장 중요한 것은 현재 우리 고장 이천의 미래를 위해 함께 노력하려는 우리 모두의 의지와 노력이다.

그래서 특히 내가 주력하고 있는 부분은 유소년 승마의 발전이다. 여러 가지 활동을 통해서 계속 강조하고 있는 바는 이것인데 말 산업은 성장 잠재력이 매우 크고 미래에도 고부가가치 창출이 가능한 산업이라는 점이다. 국내의 말 산업이 한 단계 더 성장하기 위해서는 승마 선진국인 프랑스처럼 젊은 층의 유입이 필요하다.

2015년 10월 국회의원회관에서는 국내 승마의 대중화 및 유소년 승마의 발전을 위한 '유소년 승마 발전방안 모색 국제 심포지엄'이 열렸다. 나와 함께 사단법인 한국승마인(KE)이 공동 주최하고, 한국축산경제연구원이 주관한 행사였다. 무한한 잠재력과 고부가가치를 가진 말 산업은 다양한 형태의 고용

● 유소년 승마 심포지엄

창출까지도 기대할 수 있는 지역 경제 발전을 위한 효자 산업이다. 이러한 말 산업 활성화를 위해서는 말의 다양한 활용 및 말 산업과 관련된 전후방 산업의 균형적인 발전을 위한 방안 마련이 필수적이다.

그래서 미래 말 산업 발전의 핵심 요소인 국내 유소년 승마 산업을 위해서도 노력해야 한다. 유소년들이 쉽게 접할 수 있는 스포츠로서 승마를 만날 수 있도록 체계적인 시스템을 만들어 주어야 한다고 생각한다. 여기에서부터 변화가 시작된다. 농축산업을 일으켜서 부가가치 산업으로 만들어 가는 힘은 작지만 획기적이고도 효율적인 아이디어에서 시작이 되는 것이다. 이러한 아이디어가 현실화된다면 국내의 승마와 말 산업의 도래는 충분히 가능할 것이다.

그러한 의미에서 말 산업의 선진국인 프랑스의 사례를 들을 수 있었던 이번 심포지엄은 우리나라뿐만 아니라 이천시의 말 산업 발전을 위

● (사)한국승마인협회 감사패 수상

한 대안들을 논의하는 생산적인 시간이기도 하였다. 그리고 행사에 이어서 나는 농림부 전체 회의에서 이천시 말 산업특구 사업이 이천시 지역 경제 발전에 이바지할 수 있도록 관련 예산 증액을 요구하였다.

이천 같은 경우 쌀이 메인이기는 하지만 제 생각엔 이천을 대표할 수 있는 새로운 무엇인가가 있어야 한다고 생각합니다. 이천의 차기 사업인 축산을 대체할 수 있는 것으로 말 산업이 있습니다. 승마는 이천을 비롯한 전국의 여러 도시 사람들에게 훌륭한 스포츠가 될 수 있는 것과 동시에 농가를 돕는 방법이 될 수 있기 때문이지요. 쉽게 말해서 승마를 하기 위해서 경기도 이천을 방문하게 되시는 분들이 이천의 소비자들이 되는 것입니다.

일례로 다른 지역에서 오신 저희 승마장의 회원님들도 이곳에 방문하셔서 승마를 마치신 후에 가까운 마트나 장터로 가셔서 장을 보고 가시기도 하거든요. 승마로 인해서 사람들이 이천을 방문하게 되고 그에 따른 소비가 유발이 되어서 사람들이 이천의 내부로 들어올 수 있는 환경을 만들어 놓는다는 것은 지역 발전을 위해서도 매우 중요한 일이라고 생각합니다. 이제 이천 안에서도 축산업은 다른 산업군에 비해서 많이 밀리고 있는 실정인데, 축산업에 종사하시는 분들도 환경적으로 경영을 하기가 어려운 상황들이 지속이 되어가고 있어요. 아무래도 축산업에 미래 경쟁력이 없다고 생각하기 때문인 것 같습니다.

우리나라가 축산업에 있어서 다른 국가와의 경쟁력에서 뒤떨어지고 있는 실정이라면 현재의 트렌드에 맞추어서 우리만의 것을 만들어내어야 하는데, 이천도 어떻게 보면 앞으로 경쟁력 있는 아이템을 만들어야 한다고 생각을 해요. 말 산업은 그동안 이천만이 갖고 있었던 친환경적인 요소들을 잘 결합하여 만들어 낼 수 있는 것이라고 여겨져요.

– 스티브스 승마장 박윤경 대표

점점 위축이 되어가고 있는 축산 농가의 현실에 비추어 보았을 때 1차적인 축산업을 대신할 수 있는 차세대 산업이 필요하다는 것을 쉽게 알 수 있을 것이다. 축산업에 있어서도 매우 좋은 환경을 갖추고 있는 이천이 이러한 승마 산업을 유지하고 발전해 나가기에도 매우 좋은 조건을 갖추고 있다고 생각한다.

이천에서 승마장을 운영하고 있는 박윤경 대표의 말에 따르면 승마 산업을 하기 위해서는 말 산업 육성법이 필요한데, 그것이 활성화되기 위해서는 규제 완화법이 많이 필요하다고 한다. 미래지향적으로 축산 농가들에게 도움이 되기 위한 현실적인 법과 규제를 만들어나가야 하는 것이다. 말 산업 육성법은 비교적 빠른 시간 안에 만들어진 법이기 때문에 앞으로 보완해야 할 점이 많이 있고 지역과 산업의 현실에 맞게 수정되어서 발전시키도록 할 생각이다.

내가 이천에서 말 산업을 육성시키고자 하는 것은 이천 지역에 대한 사랑의 표현이라고 하고 싶다. 농어촌형 승마시설과 친환경 고부가가치 산업인 말 산업을 육성시킨다는 것은 장기적으로 보았을 때 이천이 말 산업에서 훌륭한 브랜드 가치를 갖게 될 가능성이 생긴다는 것과 같다.

지금은 그 사업의 기초를 쌓는 시점이다. 농어촌형 승마시설과 조련시설 그리고 말 산업을 종합적으로 육성할 필수적인 인프라를 구성하는 것은 지역의 미래를 위해서 설계도를 그리고 초석을 쌓는 것과 같다고 이해해 주셨으면 좋겠다. 변화의 바람은 어느 날 불어오는 것이 아니라 이러한 정밀한 계획과 매일 같이 계속되는 작은 노력들로 어느 날 사람들의 눈에 나타나게 되는 것이 아닐까?

스티브 승마장 박윤경 대표의 말에 따르면 말 산업은 단순히 붐업이 되다 사라지는 산업은 아니라고 한다. 굉장히 장기적인 계획을 갖고 진행을 하여서 미래의 우리 자손들이 그 결과물을 보아야 한다는 것이다. 대표적인 한국형 말 브랜드를 만들어 보는 것도 중요한 일이다. 불과 몇 십 년 전 우유나 소와 돼지 이러한 품목들도 한국형 브랜드를 만들어내고 개발해 내었다. 말 산업도 역시 그러한 장기적인 안목을 바탕으로 계획을 세워 우리의 자손들이 경쟁력 있는 말 산업 브랜드의 수혜자가 되도록 정책을 세우거나 준비를 해야 한다.

유럽에서는 지금 말 한 필당 100억 원에 거래가 되기도 한다. 정말 올림픽에 나가는 말이라고 하면 100억 원, 이렇게 부른다고 한다. 자동차도 100억 원짜리는 없는데 말 한 필이 그 정도의 가치를 할 수 있다고 하는 것이 놀랍다. 박윤경 대표는 "말 산업은 이런 부가가치가 높은 산업이기 때문에 미래에 우리 아이들에게 좋은 영향이 갈 수 있도록 지금부터 잘 도움을 주셔서 바탕을 만들어 주시면 좋겠다."는 의견을 내비쳤다.

의원으로서 이천의 말 산업을 위해서 내가 할 일은 이천이 앞으로 말 산업으로 부자가 되도록 기초를 만들어 주는 것이다. 보안법과 규제 완화를 위해 뛰는 것은 기본이고, 산업 현장에 계신 분들의 이야기를 청종하고 함께 의논하고 정부와 지역이 함께 발전할 수 있는 상생의 길을 열어가는 것이다. 그리고 무엇보다 포기하지 않고 최선의 노력을 하는 것, 그것이 무엇보다 중요할 것이다.

지역을 이끌어가는 힘, 전문적인 리더십이 필요하다

'살림'이라는 단어를 나는 꽤나 좋아한다. 집에서는 가족들의 건강과 안정을 책임지는 주부에게 주어지는 고귀한 사명이 '살림'이고, 아마도 나라를 경영하는 이에게 있어서의 '살림'은 국민들을 위해서 야무지고 꼼꼼하게 이것저것 민생을 살펴보는 일일 것이다.

'살림'의 또 다른 의미는 무엇인가를 '살려내는 것'이라고 생각한다. 죽어 있고 활동하지 않는 것, 그리고 생명의 가능성이 있어도 지금은 힘을 잃고 기운이 빠져 제 역할을 하지 못하는 것을 적극적이고 밝은 에너지로 일으켜 세우는 것이 바로 그것이다. 이렇듯 '살림'은 한 사람에게든 여러 사람에게든 시공간을 초월하여 영향을 줄 수 있는 힘이 있다.

이 '살림'의 힘은 한 도시에도 똑같이 적용할 수 있다. 많은 잠재력과 자산을 갖고 있어도 죽어 있는 도시가 있고, 태생적으로 가진 것이 없어도 순발력 있는 아이디어와 열정으로 활력적인 도시를 만들어 낸 예는

얼마든지 있다. 그 도시가 무엇을 갖고 있느냐가 중요한 것만이 아니라, 도시의 잠재력을 끌어내고 살려줄 만한 인재도 필요하다.

인상 깊게 읽었던 책 중에 『나비의 꿈』이라는 것이 있다. 전라남도 함평군의 이석형 군수가 전형적인 시골 마을이자 공장도 없고 큰 회사도 없는 썰렁했던 고장 함평에 부임하여서 함평 나비 축제를 만들기까지의 스토리가 담겨 있는 내용이었다. 군수는 소위 말하는 '깡촌' 지역이었던 함평에 부임하여 보수적인 공무원들의 반대에 부딪히고 지역 주민들과도 불화를 겪으면서도 함평의 성장 가능성에 대한 믿음을 굳게 붙잡고 나비 축제를 계획하고 열기 위해 백방으로 노력을 했다.

군수는 포기하지 않고 공무원들을 설득하여 꼼꼼하게 축제의 계획을 세우고 실행하며 생각의 무게중심을 안일함이 아닌 발전에 두고 달려갔다. 그에게 있어서 가장 중요한 동력은 '간절함'이었다고 한다. 사람들이 잘 오지도 않는 전라도 한 지역을 살려보자는 간절함이 바로 그것이다. 나비 축제를 계획하는 과정에서 엄청난 시행착오도 겪고 극한 상황에도 맞닥뜨리게 되는 과정 속에서 필자의 간절함이 절실히 느껴졌다.

함평의 나비 축제는 이러한 과정 속에서 태어난 공무원들과 지역 주민들의 땀의 결실이었다고 한다. 간절함이 빚어낸 아름다운 행동의 결과가 지역을 살리고 사람들을 살리고 그리고 나비 축제에 온 사람들을 따스한 열정으로 살려낸 이야기였다. 그의 생각에 그리고 지역에 대한 사랑의 마음에 깊이 공감하는 바가 있었다. 지역의 특산물이 무엇이고 그것을 어떻게 개발하고 하는 것은 사실 겉으로 보이는 부분에 불과하다. 중요한 것은 그 고장을 사랑하는 마음과 고장의 아름다움을 살리려는 노력, 그것이 고장을 일으키는 산업의 동력이며 힘이다. 그리고 신기하게도 그런 노력이 보일 때에 사람들은 알아보고 함께 공감을 한다.

그리고 그러한 마음에 덧붙여서 중요한 것은 사실 전문적인 리더십이다. 원칙을 일관되게 유지를 하고 개혁과 안정을 균형적으로 조율할 수 있는 전문적인 능력을 갖춘 사람이 필요하다. 지역 안에서 그런 사람들이 나와 주어서 함께 일해 준다면 더할 나위 없이 좋지만, 사실은 더욱더 객관적으로 지역의 여러 문제들을 통찰력 있게 보고 행동할 수 있는 CEO와 같은 인물이 필요한 시대가 왔다고 생각한다. '일 잘 하는 사람'이 그 지역을 위해서 더 많이 뛴다. 꿈은 꾸기만 하면 꿈이 아니다. 꿈은 행동하는 사람들이 이루어가는 것이다.

05

잘 사는
이천을 위하여

함께 뛰는 새 이천
벽을 허물며

○ ● ○

함께 뛰는 새 이천

○ ● ○

통계 농업 및 이천쌀 등급화를 통해 탈바꿈할 명품 이천쌀

우리 민족은 쌀과 함께 역사를 만들어 왔다. 아무리 외국에 살고 있는 사람이라도 한국인이라면 쌀밥이 있는 식사를 그리워하기 마련이다. 한국인에게 있어서 아마 미래에도 쌀을 대체할 만한 주식은 없을 것이다. 현재 대한민국의 농업이 위기를 맞고 있다고 하더라도 세계적으로 보

앉을 때에는 미래 산업으로서의 쌀은 아마 형태를
달리할 뿐 영원히 이어지지 않을까 싶다.

　그러나 최근 FTA를 비롯하여 여러 가지
농업 분야의 움직임들로 인해서 쌀 시장의 변
화가 이어지고 있었고 농민들의 스트레스는
계속 가중되어 왔다. 농가의 해외 시장 정책 등
이 필요한 시점이기는 하지만 무엇보다 현실적인 대
안이 필요하다. 이천의 경우도 예외는 아니다. 이천쌀의 명성을 계속
유지하기 위해서 시대에 맞는 현실적이고 합리적인 대안들을 계속 마
련해야 할 것이다.

　그래서 품질 좋은 이천쌀을 더욱 명품 이천쌀로 만들기 위해서는 적
정한 벼 재배 면적을 확보하고 양질의 다수성 품종의 적지를 확대보급
하여 토지를 생산적인 방향으로 사용할 수 있도록 유도해야 한다. 그리
고 건강한 쌀 재배를 위해서 토양 전수조사를 실시하여 구제역 등 가축
들이 매몰된 지역의 토양 상황을 점검하려는 노력을 기울여야 한다.

　이천쌀을 살릴 수 있는 방법 중 하나는 쌀 등급제이다. 많은 소비자
들은 좋은 쌀을 사기 위해서 생산 년도, 도정 일자 그리고 쌀의 브랜드
를 보면서 구입을 하게 마련이다. 그러나 어떤 쌀이 좋은지에 대해서는
직접 먹어보거나 아니면 다른 사람들의 품평에 따라서 판단하게 되는
경우도 많다. 국내에서 출시되는 여러 가지 브랜드의 쌀이 있지만 소비
자들이 품질에 대한 객관적인 정보를 얻기가 어려운 것이 현실이었다.

　이런 경우에 쌀 구입의 편의를 도모하기 위해서 정부에서는 쌀에 대
해서도 등급을 정해 놓았다. 농림축산식품부는 2013년 10월 5개 등급(1등

급~5등급)을 3개 등급으로 표시하도록 '양곡관리법 시행규칙'을 개정했다. 예전에는 5등급으로 나누어져 있었는데 등급을 위반할 경우 법의 제재가 너무 엄격하여서 등급을 검사받지 않는 미 검사 쌀이 많았다. 그래서 정부에서는 미 검사를 포함하여 특, 상, 보통, 미 검사로 쌀 등급을 바꾼 것이다.

최근 3년 내에 브랜드 쌀을 구입한 소비자들을 대상으로 설문조사한 결과에 따르면 쌀 구입 시 많이 고려하는 점은 '생산년도'였고, 다음으로는 '도정연월일', '구입 가격' 순으로 나타났다. '품질 등급'에 대한 고려 정도는 상대적으로 낮게 나타났다.

쌀을 소비하는 사람이라면 좋은 쌀을 구매하고 싶을 것이다. 그래서 쌀 등급이 필요한데 쌀 등급은 국립농산물 품질관리원에서 판정을 하며, 쌀의 품질을 매기는 핵심이다. 쌀 등급은 완전립이나 이물질 비율, 품종의 순도, 단백질의 함량 등에 의해서 결정이 되고 좋은 쌀을 구분하는 객관적인 지표가 될 수 있다. 그런데 우리나라에서 유통이 되는 쌀 중 70% 내지는 80%의 쌀이 미 검사 쌀이며 품종이 혼합이 되는 경우는 94% 정도가 미 검사 쌀이다. 수입 쌀과 국산 쌀을 혼합하거나, 묵은 쌀과 햅쌀을 혼합한 경우, 쌀 등급 판정 때 보통 정도를 받을 만한 쌀의 경우 미 검사로 표시하고 있는 것으로 보인다. 소비자의 선택 정보로서의 활용도가 낮은 상태라고 할 수 있다.

한국소비자원의 조사에 따르면 쌀의 품질과 관련하여 불만을 경험한 소비자는 13.8%였다. '구입한 지 얼마 되지 않았으나 오래 묵은 쌀 느낌이 난다(66.7%)', '밥의 질감이나 맛이 이상함(36.7%)', '벌레가 생김(23.3%)', '싸라기 쌀이 다수 포함(15.0%)' 순으로 나타났다고 한다. 주로 마트 같은 곳에서 브랜드 쌀을 구입하는 소비자들에게 있어서 불만 사항이 매우 구체적이다.

따라서 소비자의 입장에서 좋은 쌀을 고르기 위해서는 쌀 등급이 표시되어 있는 쌀을 사는 것이 좋은 방법이 될 것이다. 쌀을 구입하고 나서도 불만을 느끼는 소비자들이 많은 것은 쌀에 대해서 정확하고 객관적으로 알 수 있는 지표가 없기 때문이다. 좋은 쌀을 구분하는 것은 소비자가 해야 할 몫이 아니다. 많은 이들이 찾고 있는 이천쌀에 대해서도 등급제를 매겨서 소비자들이 쌀에 대해서 더욱 객관적인 신뢰를 갖게 하고 그 신뢰가 장기적으로 이천쌀 브랜드에 대한 믿음으로 이어질 수 있도록 해야 한다.

그런데 더 중요한 것은 등급표시제를 정착시키기 위한 노력일 것이라 생각한다. 이천의 각 지역에서 등급표시제에 필요한 충분한 준비기간과 사전 노력을 갖추어야 하므로, 나 또한 최선을 다해서 농민들을 도울 생각이다. 쌀은 획일적인 공산품과 달라서 재배 농가, 토양, 품종 등에 따라서 품질과 함량 등에서 차이가 날 수 밖에 없다. 다른 지역의 농산물에 대해서 월등한 품질을 갖추고 있는 이천쌀이 등급제를 통해서 소비자들에게 신뢰를 쌓아가고 특히 이천 명품(1등급) 쌀을 한정 판매해서 더 구체적으로 이천쌀의 고급화를 만들어 나가야 한다.

임금님표 이천쌀은 이천 지역의 특산품이자 우리나라에서 가장 비싼 값에 팔리는 쌀로 이천 주민들의 강한 자부심이 담겨 있다. 최고의 품질과 브랜드를 자랑하는 이천쌀도 국내의 쌀 소비 감소(2000년 96.9kg에서 2015년 65.1kg으로 감소)로 인하여 판로가 없어지고 재고가 심각해지는 상황에 놓여 있다.

이러한 상황을 극복하기 위해 안전한 이천쌀 홍보 방안 마련을 위한 노력을 이어갈 것이다. 쌀의 포장지에 이천의 비옥한 토양 및 수질검사 등을 표시해 엄격한 기준을 통해서 생산된 이천쌀의 우수성을 홍보하여 이천쌀의 명품화를 이루고자 하는 것이 그 시작이다. 이천쌀을 살리고 전 국민들이 안심하고 좋은 쌀을 먹을 수 있도록 하는 '윈윈전략'을 찾아내는 것이 국회의원으로서 나의 임무가 아닐까.

농가 소득의 향상은 3모작으로

현재 우리 농가의 모습을 살펴보자. 어떤 의미에서는 농가에게 있어서 위기가 닥친 것은 아닐까 한다. 무엇보다 쌀의 수급 조절과 시장 안정을 위한 중장기적인 대안을 모색하는 것이 절실한 시점이다. 특히 농가의 소득을 올리기 위해서 조사료 연중 3모작 재배 기간의 구축 및 보급 노력과 쌀의 소비촉진 운동 등 각계의 관심과 논의가 쌀 산업 발전의 싹을 틔울 것이다.

그리고 2015년 9월 나는 농촌진흥청 국정감사에서 농가소득 확대를 위해서 3모작을 확산시켜야 한다는 특단의 대책을 요구한 적이 있다. 현재 2모작은 벼와 보리, 3모작은 벼와 보리 이외에 하파귀리 등을 재배하는 방식으로 이러한 형태의 3모작이 일반적으로 보급되고 있는 재배 방식이다. 벼 1모작의 경우 10아르(약 300평)당 65만 1,000원의 농가 소득을 올리지만, 3모작을 할 경우에는 같은 면적에 84만 9,000~102만 9,000원으로 적게는 30%, 많게는 58%까지 소득이 증가할 수가 있다. 3

모작을 활성화하면 조사료 생산을 통한 식량 자급 향상에도 기여할 것이다.

　모두가 알고 있듯이 현재 대한민국의 농가는 어려움을 겪고 있고 그것은 이천뿐만이 아닌 농업을 기반으로 성장한 많은 도시가 겪고 있는 문제이기도 하다. 이러한 상황에서 농가의 소득을 올리기 위한 과학적인 방법이 바로 3모작 작부체계의 실시이다. 나는 3모작의 성공적인 재배를 위해서 여러 지역을 뛰어다니면서 실험과 조사를 해 보았다.

　2014년 봄 농촌진흥청에서 연구하는 3모작 실증시험에 이창희 진주시장과 농촌진흥청 축산과학원 박기훈 부장과 함께 현장 방문을 했다.

　3모작 실증 시험은 동계작물로 호맥을 재배하고 하계작물로 벼(조평벼)를 심고 틈새 작물로 9월에서 10월 사이에 귀리를 재배하는 작부체계이다.

● 진주시 3모작 작부체계 확대 보급을 위한 실증시험

이것은 일반적으로 벼의 수확 시기가 10월로, 벼를 수확하고 바로 동계 작물을 재배하는 2모작인데 반해서 3모작 실증 시험은 하계작물로 조생종인 조평벼를 심어서 8월 말에 벼 수확이 가능해 틈새 작물로 1모작을 더 재배할 수 있어 논의 효용성을 높일 수 있는 것이다.

3모작을 재배할 때 벼 단작보다 농가 소득이 30%~50% 증가할 수 있다. 현재 농가 소득은 3천만 원대에서 10년간 정체가 되어 있고 농가 소득의 비중은 29%대로 하락을 해서 농가들의 어려움은 가중되어가고 있다. 그리고 요즘 쌀의 공급이 과잉되어 남아도는 상황에서 벼 단작만으로 농가소득을 향상시키기에는 현실적으로 많은 어려움이 있을 수밖에 없다. 3모작을 활성화하기 위해서는 다양한 재배 유형에 적합한 지역별 최적의 작부체계 모형을 개발하고 기술을 보급하려는 노력도 물론 필요하다.

농가 소득 증가를 위한 나의 노력은 거기에서 멈추지 않았다. 어떻게 하면 농가에 실질적인 도움을 줄 수 있을지 많은 고민을 했다. 나는 오랜 고심 끝에 농산물의 범위에 조사료를 포함하고 농업·농촌 및 식품산업 발전계획에 조사료의 자급률을 높이기 위한 시책을 포함하도록 하는 「농어업·농어촌 및 식품산업 기본법」 일부개정법률안을 발의했다. 현행법에서는 농산물을 농업활동으로 생산되는 산물로서 대통령령으로 정하도록 규정하고 있으나 조사료 등 사료작물의 경우 같은 법 시행령에서는 농산물의 범위에서 제외하고 있어 농산물로서 받을 수 있는 지원을 받지 못하고 있다. 그리고 최근 국제곡물가격 상승으로 인해 해외에서 수입되는 가축 사료의 가격이 급등함에 따라 축산농가의 부담 완화를 위해 국내 조사료 작물 재배와 생산 확대의 필요성이 커지고

있다. 이에 조사료 작물의 국내 생산을 촉진하고, 국내 축산업의 사료 공급체계 등에 대한 거시적이고 종합적인 정책방향과 대책 등을 마련할 수 있도록 하려는 것이다.

나는 이 개정안을 통해 조사료 생산을 적극 장려하여 축산업의 생산비용을 절감하고 나아가 축산 농가소득 안정이 될 수 있기를 바란다. 또한 사료작물 생산을 위한 휴경농지 활용도를 높여, 농업·농촌의 새로운 활로를 모색할 수 있게 되고, 농산물 시장 개방 시대에 식량 안보를 지키는 방안이 되었으면 한다.

저수지 준설 예산 확보

농번기에 농업용수 부족으로 영농에 차질을 빚게 되면서 농업에 종사하시는 농민들의 고민이 이만저만이 아니다. 저수지의 바닥이 드러나고 상류에서 유입된 토사가 퇴적되기라도 하는 경우에는 농업용수 확보에 많은 지장을 초래한다. 이러한 농민들의 불편함을 덜기 위해 저수지 준설 사업을 해야 한다. 저수지는 가뭄 대책과 더불어서 홍수 예방에도 필수적인 것이기 때문에 때를 놓치지 않는 것이 중요하다.

저수지 준설 사업을 하면 농업용수의 안정적인 확충은 물론 개선된 수질 환경을 통해서 효율적으로 농업용수 관리를 할 수 있다. 그뿐만 아니라 주변 환경도 크게 개선되는 등 부가적인 효과도 얻을 수 있다. 이러한 점을 고려해 보았을 때 이천의 농촌을 위해서 시급하게 해야 할 일이 있었는데, 그것은 바로 저수지의 준설 예산을 확보하는 것이었다. 나는 정부에 이천시 준설 예산 2억 원을 요구하였고, 여러 조정 과정 끝에 예산을 확보할 수 있었다. 다행히 적절한 시기에 준설을 하게 되어서 농민들의 영농 편의가 개선될 수 있었다.

그래서 이천시 도지 저수지와 석산, 원두, 서경 저수지에 대한 준설 사업이 본격 시행에 들어가게 되었다. 나는 특히 저수지가 바닥을 드러내었을 때 퇴적 토사를 준설하면 준설 비용도 크게 들지 않으면서 저수 용량을 높일 뿐만 아니라, 바닥에 가라앉은 이물질을 흙과 함께 걷어내어서 수질 개선에도 크게 기여하는 점을 적극적으로 어필하였다. 이런 부분을 강조하고 정부로부터 예산 확보에 성공할 수 있었던 것이다.

● 이천 저수지

저수지 같은 수리 시설은 영농을 하기 위해 가장 필수적인 시설 환경이다. 그런데 지금까지 퇴적 토사로 인해 저수율이 낮아져서 농업용수 부족 문제가 제기가 되어 농촌 현장에서는 끊임없이 민원이 제기가 되었던 실정이었다. 가뭄으로 저수지의 저수량이 거의 없을 때 준설을 하게 되면 비용은 적게 들이면서 준설 효과는 크게 높일 수 있다. 그러나 준설 준비에 시일이 소요가 되어 그 사이에 비가 오게 되면 저수지 저수량이 다시 많아지게 된다.

따라서 적기 준설을 통해서 농민들의 영농 편의가 개선될 수 있도록 서둘러서 시행해야 했다. 농민들이 미처 손을 쓸 수 없는 부분들에 가까이 다가서서 어려움을 해결해드리고자 했던 노력이 결실을 맺어서 기쁘다. 농민들이 편안한 환경에서 일하실 수 있도록 하는 노력들이 하나하나 빛을 발하는 순간이 오기를 기대해 보게 된다.

가슴 설레는 관광도시 이천, 6차 산업화 구현으로

이천이 잘살 수 있는 또 다른 방법은 무엇일까? 나는 이천이야말로 천혜의 특권을 지닌 도시라고 생각한다. 자연환경은 물론이거니와 기후와 그리고 무엇보다 타지 사람들을 따뜻하게 품는 이천 사람들의 마음이라고 생각한다.

몇 달 전 다녀 온 이천관광농원은 상쾌한 바람과 맑은 공기, 푸르고 온화한 대지의 기운이 느껴지는 들녘이 펼쳐진 매우 아름다운 곳이었다. 철따라 피어나는 꽃들과 넓은 잔디 구장 그리고 숙박시설까지 갖춘 곳으로 도시 생활에 찌들어 있는 사람들에게 편안한 휴식처가 되어 줄

것만 같다. 오전 나절 들러서 상쾌함을 즐기고 다음 일정을 위해 이동
하면서 장기화되는 가뭄 속에서도 모들이 꿋꿋하게 잘 자라고 있는 논
을 지나갔다. 이 모들이 자라 황금물결이 넘실댈 수 있도록 하루 빨리
가뭄이 지나가주기를 바라면서.

● 이천관광농원에서

　이천에 올 때마다 고향과 같은 편안함과 편안한 자연이 주는 활기를
함께 느낀다. 특히 내가 좋아하는 곳은 설봉공원이다. 상쾌한 공기를
마시며 공원을 산책하고, 아름다운 조각물들도 구경하며 계절에 따라
서 아름다운 색깔의 옷을 덧입는 나무들을 감상하는 것을 좋아한다. 그
리고 맑은 새소리를 들으며 계곡의 물소리와 함께 걷는 둘레길을 한 바
퀴 돌면 마음속에 쌓여 있는 스트레스와 앙금들이 말끔히 사라지고 가
벼워지는 것을 경험할 수 있다.

　서울에 인접해 있고, 서울에서도 조금만 벗어나 한 시간 남짓 달려
오면 금세 도착하는 곳이 이천이다. 이천은 백사 산수유, 도자기, 햇사
레, 이천 쌀, 온천 등 볼거리와 먹을거리와 즐길 거리가 가득한 곳으로
일상에 지친 모든 사람들에게 활짝 열려 있는 관광 도시이기도 하다.

이천의 이러한 아름다운 환경과 자원들을 이용하여 6차 산업을 구현하는 것은 우리들의 몫이다. 도농복합지역인 이천의 자연적인 특성들과 1차 산업인 농업과 전통 산업 등의 요소에 2차 산업인 가공을 곱하고, 3차 산업인 서비스나 판매를 곱하여 만들어지게 될 이천의 6차 산업을 위해서 한 걸음 더 박차를 가해야 할 시기가 왔다. 6차 산업은 농촌을 살리는 새로운 동력이기 때문이다. 이에 나는 연간 1만 명 이상의 고용 창출 효과를 목표로 하는 일자리 투트랙 공약을 발표했다. 일자리 투트랙 공약은 이천에 친환경 농업특구를 유치하여 농업의 6차 산업화를 통한 고부가가치 생산기반을 마련하는 것과 기업 증설과 지역 개발을 통해 일자리를 창출하기 위한 계획이다.

　　이제는 농촌이 혼자 힘으로 자립하거나 정부에만 의존하는 것이 아니라 서로가 연대하여 하나의 독특한 브랜드를 이루어서 다른 지역 사람들에게 어필하는 시기이다. 그래서 이천 지역의 여러 아이템들을 하나로 엮어서 연계 관광할 수 있는 관광 클러스터를 조성하는 것이 중요

● 관광도시 이천

하다. 도시 자체가 전 국민들에게 어필할 수 있는 하나의 브랜드가 되어가는 것이 도시 발전의 현재 모습이고 또 앞으로 이와 비슷하거나 더 발전할 형태로 나아갈 전망이기 때문이다.

이천의 토양에서 나온 것에는 이천의 혼이 담겨 있다. 이천만이 갖고 있는 정신이 담겨 있는데, 그런 이천의 특산물이 바로 이천의 도자기이다. 이천의 도자기는 이미 세계적으로 알려지기 시작했고, 앞으로는 이천을 대표하는 브랜드 중 하나로 발전시켜야 할 과제가 남아 있다. 현재까지 이천시는 도자 산업의 진흥을 위해서 미국 산타페이, 프랑스 미모쥬, 이탈리아 파엔자, 중국 경덕진, 일본 세토 등 해외 유명 도자 도시와 교류의 폭을 넓혀 오고 있다. 이와 같이 해외 교류 및 진출을 통해서 우리 이천 도자기의 경쟁력을 높이고, 더 나아가서는 이천 경제의 활성화 그리고 이천 문화를 세계적으로 알리는 계기가 될 수 있도록, 노력은 계속되어야 한다.

이천에서 인연을 맺게 된 한 이천 시민은 내게 이런 말을 하였다. "이천의 여러 가지 자원들을 컬래버레이션(collaboration)하려는 움직임이 필요합니다. 예를 들면 이천의 도자기 안에 담겨 있는 이천의 막걸리를 상상해 보시면 어떨까요? 이천쌀과 유명 셰프와의 만남은 어떨까요? 유명 셰프에게 질 좋은 고급 품질의 이천쌀을 공급해보는 겁니다. 셰프가 만들어 낸 맛 좋은 요리를 본 젊은이들은 이천쌀에 대해서 어떤 생각을 갖게 될까요? 임금님표 이천쌀이 이미 소비자들에게 멀어지고 있다 하더라도, 이천쌀만의 스토리를 갖고 있기 때문에 영원한 부가가치를 갖고 있습니다. 이천은 이렇게 전 국민에게 어필할 수 있는 요소들이 많이 있어요. 이제 이천도 전통을 고수하는 것과 함께 트렌드에 맞는 도시 경영을 해야 할 필요가 있습니다."

이분의 말에 적극적으로 공감했다. 이천에 산발적으로 나누어져 있는 스토리가 있는 요소들을 결합하여 6차 산업의 발전에 적극 활용한다면, 이천은 과거와는 달리 더욱 독특한 특징을 가진 도시로 발전할 수 있을 것이다. 그리고 이러한 개혁적인 발전을 위해서 전문적인 CEO가 필요한 것이고, 전체적인 그림을 잘 그려나갈 수 있는 전문적인 정치인이 필요한 것이다. 소중한 시민들의 아이디어에 귀를 기울이고 작은 부분이라도 소통할 수 있도록 노력하는 것, 그것이 이천 시민들을 위해서 내가 해야 할 당연한 역할이라는 생각이다.

● 지역 주민들과 사랑방에서 만나 이야기를 나누고 있다.

이천농촌나드리를 통한 6차 산업 구현을

이제 우리나라가 6차 산업의 발전을 위해 힘써야 한다는 것은 현재 박근혜 대통령이 국정과제로 채택한 정책이기도 하다. 그런 점에서 기쁘게도 이미 이천은 6차 산업으로서의 도농복합도시로 훌륭한 모습을 갖추고 있다. 이미 다른 지역 사람들에게도 많이 알려진 '이천농촌나드리'가 좋은 예가 될 것이다.

2015년 이천시는 제3회 농촌체험축제를 개최했다. 이천농촌나드리와 이천시시설관리공단이 공동으로 주최하는 이 축제는 3회까지 축제를 이끌어오는 기간 동안 이천에서 농촌 체험을 즐기고 간 관광객들을 정성스럽게 초청하여 감사의 뜻을 전하는 데에 의미가 있었다. 어린이들에게는 농촌체험학습의 기회를 제공하고, 어른은 고향의 향수를 달랠 수 있도록 꾸며지고 가족이나 개인이나 단체나 누구나 와서 즐길 수 어린이에게는 학습! 어른에게는 추억!

이천농촌나드리

구글 플레이스토어와 애플 앱스토어에서
'이천농촌나드리' 앱을 다운받으세요

스마트폰과 함께 하는 이천농촌나드리

즐겁게 놀이하고
달콤하게 맛보는 농촌체험을 전합니다.
이천농촌나드리는
40여 곳의 체험마을과 체험농가가
프로그램을 준비하여 여러분을 초대합니다.

스마트폰으로 만나는
이천농촌나드리
QR코드를 스마트폰 앱으로
찍으면 이천농촌나드리 소식을
만날 수 있습니다.

467-800 경기도 이천시 부악로 38-52 이천농업기술센터 내
전화: 031-636-2723

A·R·T
Icheon

이천시농업기술센터
Agricultural Technology Center

있도록 마련된 이천의 풍성한 한마당이었다.

　이제는 도시민들이 타 지역에 관광을 가더라도 자녀를 위한 학습이나 가족이 유익한 체험을 즐길 수 있는 관광 프로그램을 찾는 시대가 왔다. 그런 점에서 이천농촌나드리의 여러 체험 프로그램들은 수도권의 도시민들을 비롯하여 다른 지역 사람들의 주목을 받을 만한 충분한 콘텐츠로 가득 차 있다는 점이 좋다.

　이천농촌나드리는 이천시 관내 6개의 체험 마을과 32개의 체험 농가가 중심이 되어서 만들어진 단체이다. 이천 곳곳에 흩어져 있는 여러 개의 특산품 농가와 전통 체험 농가 등을 경험할 수 있도록 만들어진 것으로 절기별로, 계절별로도 즐길 수 있고 어른 아이 할 것 없이 농촌의 여러 가지 체험들을 다양하게 즐길 수 있는 프로그램이다.

　재미있는 것은 이천농촌나드리는 대표적인 '팸 투어'라는 것이다.

● 이천농촌나드리에 온 어린이들

팸 투어는 'Familiarization Tour'의 약자인데, '친하게 하는, 친숙하게 하는 여행'이라는 의미로 이해하면 될 것이다. 가족과 함께 친구와 함께 공동체가 함께 여행 체험을 통해서 친숙해질 수 있다는 의미이다. 생태적인 체험을 통해 농촌을 느끼고, 동시에 창의력과 감수성을 같이 키울 수 있다는 데에 큰 의미가 있다. 농촌의 중요성을 몸으로, 마음으로 경험하게 되는 중요한 계기가 될 것이다.

현재 지역적으로 북부권, 중부권, 남부권, 그리고 협약 업체로 구성이 되어 있기 때문에 방문한 관광객들은 이천 전 지역에 걸쳐 다양한 체험을 즐길 수 있다. 이미 임금님표 이천쌀로 유명한 이천이지만 돼지 사육 농가, 김치 체험관, 야생화 체험관, 설봉 귤 따기 체험, 이천쌀로 만든 피자 체험 등 이천 곳곳 농가의 장점을 살린 여러 가지 프로그램들이 준비되어 있다. 그리고 다른 지역에서 방문하였다 하더라도 하루 코스가 아닌 며칠을 지내면서 체험할 수 있도록 근처에 민박과 펜션들이 있어서 불편함이 없다.

이천농촌나드리는 특히 교육적인 체험과 이천의 독특한 문화를 경험할 수 있는 곳이라는 점에서 자녀를 둔 가정이 방문하기 좋다. 예를 들어 이천시 율면에 위치한 '돼지보러오면돼지(돼지 박물관)'의 경우 사육장과 공연장 그리고 전 세계에서 모인 다양한 돼지 소품들을 볼 수 있는 곳이다.

이천에는 유명한 도드람포크도 있지만 그저 상품으로만 돼지를 접하는 것이 아니라 교육적 차원에서도 우리의 대표적인 축산물인 돼지에 대해서 알리는 것에도 중점을 두고 있다. 이천 돼지의 스토리를 배우고 느낄 수 있도록 하고, 우리 농축산물이 얼마나 소중한지에 대한 인식을 다시 하게 만들어 준다. 돼지가 안전하게 사육되어서 우리의 식탁에 올라오기까지의 모든 노력과 수고를 즐겁게 배울 수 있는 곳이다.

나도 돼지 박물관에 즐거운 마음으로 방문을 한 일이 있다. 그날 돼지 박물관에서는 최근 증가하고 있는 귀농하고자 하는 도시민들을 위한 귀농인 교육이 진행되고 있었다. 귀농인 교육장에서는 농업, 농촌에 대해 공부하고자 하는 여러 학생 및 학부모들과 귀농으로 제2의 삶을 설계하는 한국농식품직업전문학교의 많은 학생들이 모여서 진지하게 수업을 듣고 있었다. 그곳에서 서울의 대치동에서 방문한 학생들, 학부모들과 만나 인사도 하고 이야기도 나눌 수 있었다. 도시의 아이들도 농촌에 관심을 갖고 배우는 일의 중요성을 생각해 볼 수 있는 자리였다.

도시와 농촌이 함께 성장하고 발전할 수 있는 '도농상생'의 길은 이렇게 서로에 대해서 잘 아는 것에서부터 시작이 된다. 농업비례대표로서 뿌듯함을 느끼는 때는 사실 이런 순간이다. 농축산업이 얼마나 가치 있으며, 눈에 띄는 것이 아닐지라도 우리의 삶에서 얼마나 큰 역할을 하고 있는지 사람들에게 알릴 때 말이다.

그리고 오랜만에 만나 뵙는 대표님들과 우리 경제를 살릴 만한 무한한 잠재력을 가진 농업의 6차 산업화에 대해서 이야기를 나눌 수 있었다. 남녀노소 모두가 즐길 수 있는 돼지 박물관과 같은 사례를 통해서 농업의 고부가가치를 창출할 수 있는 방안에 대해서도 이야기할 수 있었던 좋은 시간이었다. 많은 관광 요소들과 농업이 함께 공존하는 도농복합도시 이천을 만드는 데는 이런 창의적인 노력들이 존재했다.

● 돼지 박물관에 방문하다.

　　지역을 위해 일하시는 훌륭한 분들이 많이 계시지만 윤명희 의원에게는 차별적인 면이 있습니다. 시민이 원하는 것이 있으면 어떻게 해서라도 그 분야의 책임자나 어느 단체나 찾아가서 해결하려고 노력하는 모습이 보였어요. '나는 일 잘하는 일꾼이지 내세우는 국회의원이 아니다.'라는 것이 행동에서 느껴졌던 것이지요. 기회가 있어서 이야기를 나누어 보면 상대방의 이야기를 듣고 꼼꼼하게 기록도 하시고, 그 문제에 대해서 답을 주기 위해서 노력하시더라고요. '아, 이것은 가능성이 있다. 도전해 볼 만하다.', '시간이 걸릴 문제라도 언젠가는 이루어질 가능성이 있다.'라고 격려해주시는 그런 모습이 좋더라고요. 기득권을 갖고 계시는 분들이 그렇게 열 일 제쳐놓고 다니면서 문제를 해결해 주려고 하는 모습은 잘 못 봤거든요. 여자 국회의원이니 하는 조건들을 떠나서 국민의 심부름꾼으로서 필요한 사람은 그 지역을 위해서 일 잘하는 사람이 아닐까요?

그리고 밑에 계시는 분들도 지역 현안에 대한 정보도 그렇고 사전 조사도 그렇고 정확하게 일처리를 하려고 하시는 모습들이 보여요. 다들 짜임새 있게 일하고 계시는 것 같습니다.

이천의 축산인들을 위해서 부탁드리고 싶은 것이 있습니다. 소비자와 생산자가 함께 만나서 이야기할 수 있는 공간이 필요합니다. 우리 축산인들이 열심히 일하여 생산해 낸 고기를 사 먹는 소비자들을 직접 불러서 함께 이야기를 나눌 수 있는 자리이지요. 건강한 먹을거리를 생산하는 생산자들을 위해서 소비자들이 직접 격려도 해 주고 서로의 진솔한 아이디어를 나눌 수 있다면 얼마나 좋을까요? 그렇게 하다 보면 저희가 생산하는 제품들에 대한 충성 고객들도 생길 것이고 결과적으로는 더 좋은 제품을 생산하게 되고 브랜드 가치도 높아지게 되는 것이죠.

우리 율면 지역만 하더라도 인구가 3천 명 정도 되는데 노인인구가 60% 이다 보니 젊은이들이 일자리를 위해서 외부로 나가는데, 이들 젊은이들을 위한 일자리를 마련해주는 우리 세대의 꿈이 이런 방법을 통해서 이루어지리라 믿습니다.

- 돼지 박물관 '돼지보러오면돼지' 이종영 대표

이천농촌나드리 프로그램은 도시인에게는 휴식의 시간을 주면서 농촌 경제에는 활력을 줄 수 있다. 2010년 10월 농촌관광네트워크라는 조직을 만들기 위한 작은 소모임이 있었는데, 2011년 12월에 법인

● 이천농촌나드리의 승마체험

화가 된 후부터 본격적인 활동을 하게 되었다. 현재로서는 정부 기관과 시민들이 모두 만족하고 있다. 이천농촌나드리가 이천 지역 활성화에 긍정적인 역할을 하고 있다고 평가받기 때문이다.

2014년 세월호 참사와 2015년 메르스 사태의 영향 때문에 약간의 타격이 있어 매출이 감소하기는 하였지만, 이천농촌나드리가 시작된 후 2012년까지 나드리의 매출액만 2~3억 원이 될 정도로 반응이 좋았다. 그리고 나드리 회원들에게 다녀간 관광객 인원은 약 22~23만 명 정도로 어림잡아 10배 정도 늘어난 것으로 추산이 된다. 그만큼 사람들에게 좋은 반응을 이끌어 내었다는 것이다. 관광 악재가 터지지만 않는다면 이천농촌나드리에 방문하는 인원은 계속 증가할 추세이다.

그리고 최근에는 말 산업 특구로 지정된 이천시의 특성을 살린 승마 체험 프로그램도 운영 중에 있다. 내가 이천에서 추진하고 있는 말 산업 육성과 관련하여서도, 이천농촌나드리는 지역의 특성을 개발하여 이천의 계속적인 경제 발전화의 원동력이 되고 있다. 많은 분들에게 말에 대한 긍정적인 인식을 갖게 하고, 승마가 쉽게 접할 수 있는 프로그램이라는 인식을 주게 되면서 학생이나 가족, 직장인 등 다양한 계층의 사

람들이 지속적으로 이천을 찾는 데에 도움을 주게 될 것이다.

앞으로 이천농촌나드리는 이천의 관광전문가들과 함께 네 가지 계획을 추진하려고 한다. 바로 '농촌 관광', '문화 관광', '레저 관광', '쇼핑 관광' 이렇게 네 상품으로 구성하여 계절적으로나 시기적으로 더 알맞게 분화된 상품들을 개발해 보는 것이다. 그런 계절적인 상품들을 구성하고 나서 이천을 방문한 사람들이나 축제에 방문한 관광객들이 이천농촌나드리의 한 가지 체험만을 하고 가는 것이 아니고, 쇼핑과 레저까지 함께 즐길 수 있도록 해주는 프로그램이다.

시에서도 관광을 활성화 시키겠다는 의지가 강하기 때문에, 2016년부터는 더 활발하게 계획을 추진할 것으로 예상된다. 아직은 이천농촌나드리의 회원들이 각자의 사업에 더 주력을 하고 있는 상황이라, 최대한 다양한 관광 상품을 구성하기 위해서 최근 이천의 유명 온천 및 호텔 등과 업무 협약을 맺었다. 현재까지 꾸준히 15개 관광 관련 업체들

● 관고 시장에 방문

과도 업무 협약을 맺으면서 이천을 방문한 분들에게 시설들에 대한 할인권도 제공해 주고 각종 편의 시설도 제공해 주는 등의 다양한 방법들을 모색하는 중이다.

건강한 로컬 푸드는 역시 이천

추석이 가까워 올 무렵, 이천의 관고 시장에 방문하여 추석 민심을 돌아보았다. 그리고 이천 시민들의 삶이 묻어 있는 시장에서 많은 상인들을 만나 뵙고 인사를 드리고 활기찬 시장의 모습을 보면서 참으로 즐거운 시간을 가졌다.

깨끗하고 건강한 농축산물들과 길가의 잡곡들까지도 원산지 표시가 잘 되어 있는 모습을 보면서 흐뭇한 마음이 들었다. 소비자들이 신뢰하여 우리 농축산물이 제값을 받을 수 있는 생산자가격출하결정의 그날까지 최선을 다해 뛰어야겠다는 다짐을 절로 하게 되었다.

이천을 넉넉하고 부유하게 만들 수 있는 또 다른 방법은 로컬 푸드

● 이천 관고시장에 방문하여 민심을 돌아보다.

(local food)의 활성화이다. 로컬 푸드는 장거리 운송을 거치지 않은 지역 농산물을 말하는 것으로, 먹을거리에 대한 생산자와 소비자 사이의 이동거리를 최대한 줄임으로써 농민과 소비자에게 이익이 돌아가도록 하는 취지로 만들어진 농어축산물을 가리킨다.

미국의 경우에도 로컬 푸드를 파는 '그린 마켓(green market)'이 있다. 뉴욕 같은 대도시에 살고 있는 사람들이 신선한 식품 재료를 사용하기를 원하면 뉴욕 인근의 소규모 농장들은 중간 상인 없이 곧바로 소비자들을 만나서 자신들이 정성으로 가꾼 농산물들을 직접 판매한다. 도시민들은 가까운 지역에서 신선하게 재배한 값싼 농산물을 먹을 수 있고, 농민들 입장에서는 도시의 풍부한 시장에서 다량으로 농산물을 판매할 수 있다는 이점이 있다.

이렇게 로컬 푸드는 세계적인 추세로 자리 잡고 있다. 장거리 이동을 하는 식품의 경우는 먼 거리를 이동하면서 농약, 왁스 등 화학물질 등을 많이 함유하게 되는데, 결과적으로 피해를 입는 대상은 소비자였다.

● 이천로컬 푸드매장에서

이 때문에 사람들은 점점 건강한 먹을거리를 찾기 위한 노력을 기울이게 됐다. 그 결과가 바로 로컬 푸드 운동이었다.

가을 초엽의 어느 날, 나는 이천 로컬 푸드 직매장 개장 1주년을 축하하기 위한 기념식에 참가했다. 인절미 만들기와 가마솥 순두부 만들기 등 눈과 손이 즐거운 행사들이 펼쳐졌다. 다양한 볼거리와 체험거리로 남녀노소 모두가 함께 즐길 수 있는 행사였다. 행사를 즐기는 모두의 얼굴에는 웃음꽃이 피어 있었다. 그뿐만 아니라 고소한 냄새 가득한 빈대떡과 같은 맛있는 음식들과, 아름다운 오카리나 연주도 들을 수 있었다. 이천을 대표하는 다양한 농수산물과 특산물들이 그 가치를 인정받고 소비자들에게 더욱 가까이 다가갈 수 있는 이러한 방안이 우리의 농산물을 살리는 길이다.

이천의 곳곳에는 이천로컬 푸드 직매장이 있다. 이천시 농민들이 직접 생산한 농작물들을 한데 모아서 판매를 하는 곳이다. 여러 가지 과일과 야채 및 농산물 등 싱싱한 생산품들마다 유기농인증 품목과 생산자들의 이력을 알 수 있도록 표시를 해 놓아 소비자들이 더욱 신뢰할 수 있도록 만들어 놓았다. 깨끗한 이천 땅에서 생산되는 쌀과 고추, 콩 제품 그리고 산삼과 한과에 이르기까지 소비자들의 다양한 입맛을 충족시킬 수 있는 제품들로 가득하다.

일단 이천을 찾는 로컬 푸드 소비자들은 건강한 토질을 갖추고 있는 이천 땅에 대한 기본적인 신뢰가 있기 때문에 이천에서 생산된 먹을거리들은 기본적으로 경쟁력을 갖추고 있다.

최근에는 인터넷 쇼핑몰을 통해서도 이천의 농산물들을 직접 주문할 수 있다. 이천의 경우는 수도권과 가까운 곳에 위치해 있는 특성상 이동을 할 때 신선도가 유지될 수 있는 장점이 있고, 운송 시 문제가 되는 이산화탄소도 줄일 수 있다는 장점이 있다. 식재료도 점점 인터넷으로 주문을 하는 양이 많아지는 시대에 맞추어서 이천의 농축산물도 활로를 찾고 있는 셈이다.

이천시도 역시 로컬 푸드 운동에 앞장서고 있다. 이천 로컬 푸드 농산물은 이천에서 시민이 생산한 농산물로 GAP기준 이상의 농산물임을 입증하기 위한 초장 심사 및 농약 잔류 분석을 실시해서 이를 통과한 농산물에 한해서 이천시장이 인증하는 농축산품들이다. 그래서 이천시에서도 각 읍면동 기준으로 로컬 푸드 1차 생산자 교육을 실시하고 있다. 농민들이 스스로 생산한 농산물에 대해서 자부심을 갖고 소비자들에게 더욱더 가까이 다가가 신뢰를 얻는 노하우를 가르치고 있다. 그리고 생산 이력을 공개하고 일 수확 당일 판매를 원칙으로 하여 신선도를 유지해야 한다는 운영 방침을 중심으로 교육하여 이천 농산물들이 더욱 명품화할 수 있도록 돕고 있다.

당연히 이천쌀은 과거의 명성 그대로이지만 과거 한때 전국적으로 쌀 재배량이 급격히 늘면서 이천 지역 외 타 지역의 쌀이 무단 반입된 적이 있었다. 이때 타 지역 쌀이 이천쌀로 둔갑하여 품질에 대한 의심이 시작되면서 소비자들의 신뢰를 잃게 된 적이 있다.

그러나 이천쌀을 살리려는 이천시의 끈질긴 노력 끝에 1995년 가짜 이천쌀과 차별된 '임금님표 이천쌀'을 탄생시켜 이천쌀을 대한민국 최고의 브랜드로 만들기 위해서 박차를 가했다. 그리고 이천쌀뿐만 아니라 이천에서 생산되는 1차 농산물부터 2차 가공식품 그리고 3차 서비스 산업까지 활성화시키려는 노력을 계속 기울였다. 그렇게 만들어진 명품 이천쌀이 현재의 모습을 갖추게 된 것이다.

물론 현재 이천쌀의 소비가 어려운 것이 사실이다. 그러나 나는 로컬 푸드 사업을 통해서 이천쌀이 지속적인 품질관리와 과학영농을 통해서 명품 브랜드를 만들어 내려는 노력을 계속하도록 도울 것이다. 그래서 쌀을 비롯한 이천의 농축산물들이 단순한 식품 생산에서 그치는 것이 아니라, 가공과 서비스는 물론 이천쌀이 로컬 푸드로서 문화적인 기능을 할 수 있도록 만들어 주는 것이 중요하다고 생각한다.

● 의견을 청취하면서 고충을 해결할 수 있는 실질적인 방안 모색에 대한 의견 나눔

● 이천시설채소연합회 외원들과 현장 간담회

마장면 특전사 이전 관련 민원 해결

　이천시 마장면민들의 농성은 원주민 이주대책, 군부대 철조망 문제, 사격장 소음피해 등에 대해 국방부와 LH가 마장면민들에게 한 약속을 이행하지 않아 시작되었다. 농성이 있기 전, 마장면민들은 특전사 이전에 따른 보상협의 및 실부협의회가 21차례 있었고 그 과정에 많은 이행 약속이 있었지만 중요한 사항들이 지켜지지 않고 않았다고 주장하며 국방부와 LH 측에 약속 이행을 촉구하기 위해 비상대책위원회를 구성하여 군부대 북문 앞에서 천막농성에 나선 것이었다.

　천막 농성에는 마장면 이장단협의회, 노인회, 새마을회 등 각급 사회단체가 동참하고 있었다. 특히 사격장 소음 등 피해가 가장 큰 장암 1리의 정태근 이장님은 무기한 단식농성을 벌이고 있었다. 정 이장님은 약속을 이행하기 전까지 단식을 멈추지 않겠다며 그 자리를 지키고 있어서 건강상태에 대해서도 깊은 우려가 되는 상황이었다. 마장면민들에게 이 일은 목숨을 걸고 투쟁을 할 만큼 중요한 일이었다. 그렇기에 나는 이를 해결하는 것이 시급하다고 생각했다.

사람은 자신이 직접 겪지 않고는 그 심정을 알 수 없다. 그러나 이러한 한계를 조금이나마 해소할 수 있는 방법이 있다. 이는 대화를 통해 마음을 나누는 것이다. 나는 자신의 목숨 걸고 단식투쟁 중인 마장면 정태근 이장님을 직접 찾아뵙고 의견을 나누었다.

● 마장면 특전사 이전 대책위원회 농성장에 방문

무엇보다 그분들의 의견을 듣고 함께 대화를 하는 것이 중요하다는 생각이 들었다. 함께 눈을 맞추며 이야기를 나누면 그분들의 마음까지 알 수 있기 때문이었다. 이렇게 해서 얻게 된 주민의 총의를 담은 건의서를 들고 한민구 국방부 장관 및 실무 담당자들을 직접 찾아가 설득했다. 그 결과 2016년 1월에는 원론적 입장만을 표명했던 국방부와 LH공사의 입장을 선회시켜 사격장소음방지 대책과 철조망 설치 등에 대한 주민의 염원을 해결할 수 있었다.

● 마장면 특전사 이전 관련 국방부 실무담당자 내방

나는 이 일로 인하여 시민들과의 약속을 지키는 것이 무척 중요하다는 것을 다시 한 번 깨닫게 되었다. 약속을 믿으며 약속이 이뤄지기를 애타게 기다리던 마장면민들과 함께하면서 그들의 마음을 느낄 수 있었고 국회의원으로서 내가 할 일은 그들의 믿음에 부응할 수 있도록 그들과 한 약속을 꼭 지켜내는 것이라는 생각이 들었다. 그렇기에 시민들과의 약속은 내가 일을 해낼 수 있는 큰 원동력이 되고 있다.

● 마장면 특전사 이전 민원 해결 이후 이장단 내방

○ ● ○

벽을 허물며

○ ● ○

제20대 총선, 출마 공식 선언

나는 2016년 1월 11일, 이천 시청 브리핑룸에서 기자회견을 열고 제 20대 총선에서 이천 출마를 공식 선언했다. SOC 등에 대한 확충과 함 께 사람을 향한 경제가 중요한 지금, 준비된 실물경제 전문가로서 이천

● 총선 출마 기자회견

시의 발전과 이천시민의 삶의 질 향상을 위해 출마를 결심하게 되었다.

이천이 35만 자족 행복도시로 한 단계 더 도약하기 위해서는 마이스터고 유치와 특성화고 육성 등을 통한 지역인재 육성과 함께 취업을 보장하는 것이 중요하다고 생각했으며 더불어 워킹맘과 경력단절여성을 위한 사회적 배려 정책 그리고 FTA 등으로 어려움을 겪고 있는 농축산업이 6차 산업화를 통해 부가가치형 농업구조로 전환을 하는 데 주안점을 두고 있다.

규제개혁특위 위원으로 활동했던 경험을 살려 수도권정비계획법, 환경정책기본법, 팔당·한강수계 고시 등 다양하고 과도한 규제 등을 면밀히 검토해 공장 건축면적 등을 합리적으로 완화하고 4년제 대학 유치하고 개인의 재산권 침해 방지대책 마련 등에 대해 제시했다.

그리고 이천시의 말 산업특구를 유치해 냈던 주역으로서 향후 백사유, 산수유, 도자기, 햇사례 축제와 온천, 이천쌀 등을 연계한 관광산업 클러스트를 조성해 힐링과 농촌체험이 결합된 세계적 관광 휴양도시로 이천을 변모시키겠다는 포부를 밝혔다.

그리고 무엇보다, 가장 낮은 자세로 어려운 분들의 눈물을 닦아주고 그분들의 목소리를 대변하는 국민의 참일꾼으로서 사람을 향하는 정책과 투자를 통해 이천 경제를 확실히 살리고 새로운 도약을 이끌어낼 것을 다짐했다.

수도권 규제 완화가 국가 경쟁력을 높이는 힘

지금 이천에 필요한 것은 무엇일까? 일단은 수도권 규제 완화이다. 이천에서는 5년 동안 5천여 명의 일자리가 사라졌다. 일례로 SK 하이닉스 안에 있는 소규모 공장의 경우 계속되는 매출 증가에 공장 증설이 필요했지만, 수도권 규제로 인해서 울며 겨자 먹기로 이전을 단행하기도 했다. 이전을 하면서 이미 기존에 생산을 위해 설치해 놓았던 설비들을 다 버릴 수도 없고, 이전을 하면 새로 설치를 해야 하는 비생산적인 상황이 벌어지기도 했다. 이천에 적용되는 규제는 너무 많다. 국토법과 수정법, 산집법, 환경정책기본법, 오염총량제 등 수많은 법에 걸려서 한창 영양을 받고 쑥쑥 자라나야 할 기업들이 다 성장하지도 못한

채 풀이 죽고 만다. 안타까운 일이 아닐 수 없다.

수도권 규제로 인해서 현재 이천 내에는 대학 설립이 어렵다. 서울과 가까운 곳에 위치하고 있어서 이천 내에 대학이 설립이 되면 서울에서 더 멀리 있는 곳에 위치한 대학은 상대적으로 불리한 입장에 처하게 된다는 것이다. 그래서 지역 내의 인재들의 손실과 더불어 다른 지역에서의 인재 유입도 어렵게 된다. 이는 지역 경제 활성화와도 연관된다.

나는 SK하이닉스 등과 연계된 맞춤형 마이스터고를 신설하고 관련 산업에 적합한 특성화고를 적극 육성하여 100% 취업이 보장된 교육 시스템을 구축하겠다는 교육 인프라에 대해서도 구상했다. 또한 이천 시민들의 염원인 4년제 대학을 유치하여 역량 있는 지역 인재를 길러내야 한다고 생각한다. 이에 따라 이천에 914개 기업들과 연계하여 취업까지 원스톱으로 보장되는 일자리 창출 교육기관을 육성할 계획을 공약으로 내세웠다.

시대는 점차 변하고 있다. 이제는 제조업만으로 도시의 경제활동이 가능한 시대가 아니다. 시간과 공간을 초월해서 언제 어디서든 일하는 것을 가능하게 만드는 IT기술뿐만 아니라, 서비스업과 첨단 산업으로 향해 가는 산업의 모습을 보더라도 이제 도시의 형태가 과거와는 달라질 것을 짐작할 수 있다. 이제는 오히려 '메가 시티(Mega City)'가 미래의 발전하는 도시 형태가 될 수도 있다. 도시의 부(富)를 창출하는 것이 물적인 것에서 나오는 것이 아니라 미래 지향적 아이디어에서 나오는 것이기 때문이다.

현재 우리나라에서 기업을 만들고 공장을 새로 짓는 데 적용되는 규제는 35개, 수도권의 경우는 39개에 이른다. 규제 때문에 창업에 드는 비용이 엄청나게 비싼 것이다. 호주의 경우는 창업 등록 비용이 거의 없고 창업에 걸리는 시간은 6일에 지나지 않는다고 한다. 공장을 설립하는 데에 많은 시간과 비용이 들고 공장을 운영함에 있어서도 온갖 규제에 매여 있다면 기업에서 만들어 낸 창조적인 아이디어들이 제때 제품화되지 못하고 결과적으로는 경쟁력이 떨어지게 될 것이다.

수도권 규제 정책은 원래의 의도와는 달리 수도권에 비효율적으로 작용할 수 있다. 글로벌화 되어 가고 있는 환경 변화에 적응을 할 수 없을뿐더러 수도권의 경쟁력을 잃어버리게 만든다. 이제 수도권 규제 정책보다는 시대적인 요구에 맞는 수도권 개발 정책이 이루어져야 한다. 이천이 발전하기 위해서는 경쟁력이 약화되어 있는 부분을 적극적으로 개발하기 위한 규제 완화가 필요하다.

최근 10여 년간 임직원 100여 명이 넘는 중견기업 이상의 기업체만 7개가 이천을 떠났다. 제조업에 관련된 공장이 다른 곳으로 이전하는 데에는 설립보다 더 많은 비용과 에너지가 드는 것이 사실임에도, 수도권 규제 정책으로 인해서 울며 겨자 먹기로 이천을 떠나야만 했다. 그

래서 설비 증설 등 생산적인 일에 들어가야 할 투자금이 이사 비용으로 날아가 버리는 모순적인 일이 일어난 것이다.

수도권정비계획법이 제정될 당시의 대한민국의 모습과 현재의 모습은 상당히 달라졌다. 산업의 환경과 형태도 달라졌기 때문에 이에 맞는 규제 법령 개정이 이루어져야만 했다. 최근 정부는 수도권 규제에 대해 완화 대책을 발표했다. 박근혜 대통령이 신년사에서 수도권 규제 완화의 필요성에 대해서 강조하면서 정부의 중심 과제로 떠오르기도 했다. 그리고 정부의 각처에서도 수도권 규제 완화는 지역균형발전 계획과 함께 검토되어야 한다는 의견이 올라오고 있다.

● 수도권 규제완화, 박근혜 대통령

이에 이천도 수도권 규제 완화에 따른 혜택을 누릴 수 있는 환경이 열리고 있다. 공업 지역 외의 자연 녹지 등 비도시 지역에 공장이 생기고 자유롭게 증축할 수 있도록 건축 규제가 완화될 수 있다. 그리고 무엇보다 산업단지 입주 업종을 확대할 수 있는 길이 열렸다. 그동안 산업 단지 내에 입주할 수 있는 서비스업은 일부 지식산업, 정보통신 산업 및 기타 제조업 연관 업종으로만 제한되어 왔다. 하지만 이제는 광고 대행업과 콜 센터, 옥외 및 전시 광고업 등의 입주도 가능하게 되어 더욱 다양한 직업군들이 산업 단지 내에서 일할 수 있는 기회가 열리게 된 것이다.

하지만 안타깝게도 이런 수도권 규제 완화 움직임에 반대하는 소리

또한 여전히 존재하고 있다. 그러나 수도권 규제 완화는 시대적인 요구이다. 수도권 규제 완화에 따른 여러 가지 노력에 대해서 타 지역에서의 반발이 거센 것도 정부와 정치권에서 풀어나가야 할 숙제이다. 물론 국가의 균형적인 발전을 위해서 상생의 길을 찾아보려는 노력이 필요하기는 하지만, 현재의 경제적인 흐름과 상황으로 보았을 때 수도권 규제 정책 완화는 시급히 손질해야 할 부분이다.

그렇다면 이천에서 수도권 규제 완화를 통해 35만 자족 도시를 건설하기 위해서는 어떤 해법이 필요할까? 이천에 설립되어 있는 생산 공장들의 공업 용지와 건축 면적을 확대하도록 돕는 것이다. 이천의 샘표 간장 공장은 이미 법을 넘어선 6만 4,000㎡의 공장을 갖고 있다. 한류 바람이 불면서 동남아시아나 중국 등지에서 간장 소비가 늘고 주문이 많이 들어오고 있지만 생산량을 늘리지 못하고 있다고 한다. 간장 생산에 필요한 공간이 부족하기 때문에 자칫하면 다른 나라 업체들에게 주문을 빼앗길 수 있는 상황이라고 한다.

이렇게 개선되어야 할 부분들이 계속 누적되어 있었으나 현재로서는 수도권 규제라는 커다란 틀에 갇혀서 제대로 날개를 펴지 못했다. 이런 기업들의 실정은 고스란히 일자리 창출에도 악영향을 미치게 된다. 기업이 활발하게 성장해야 더 많은 인력을 고용할 수 있게 되고 이를 통하여 실업 문제가 해결되는 데 직접적인 영향을 줄 수 있다. 효율적으로 사용되어야 할 공장 용지가 창고로 사용이 되거나, 더 창조적으로 활용될 수 있는 땅들이 법에 걸려서 놀고 있어서야 되겠는가? 이러한 규제가 완화된다면 이는 우리 경제가 발전하는 데 큰 도움이 될 것이라 생각한다.

지역 경쟁력 강화로 일자리를 창출하다

지난해 하반기를 기준으로 이천시의 고용률은 64.4%였다. 경기도 내의 다른 도시들에 비해서 월등하게 높은 수치이고 도내에서는 1위를 기록했다. 이는 시에서 적극적으로 일자리 창출을 위해서 노력한 결과다. 적극적인 기업 유치를 통해서 많은 일자리를 만들어 냈고, 일자리 센터를 운영하면서 성별과 나이에 맞는 적절한 일자리를 위한 효과적인 고용 서비스 정책을 펼쳤다. 그리고 그동안 많은 진통을 겪은 후 2015년 8월 SK 하이닉스의 증설로 M14 공장이 준공이 되었다. 이 반도체 공장은 앞으로도 총 15조 원이 투자될 예정이기에 지역 경제의 활성화에 큰 역할을 할 것이고, 이천 지역 경제에 5조 원 가량의 생산을 유발시키고 5만 9천 명가량의 고용 창출이 일어날 것으로 예상을 하고 있다.

그리고 이미 이천의 롯데 아웃렛의 운영으로 직접 고용 일자리는 1,400명 정도 창출되었다. 대기업들의 진출로 인해 대규모의 일자리 창출이 일어나 지역 경제의 활성화에 많은 기여를 했다. 게다가 내년에 개통될 지하철로 인하여 근로자들의 이천으로의 출퇴근이 쉬워지고, 역 주변의 상권이 활발해져서 경제적인 활성화에 큰 역할을 하게 될 것으로 기대가 된다.

하지만 이런 대기업의 일자리 창출은 한계가 있다. 이천시에는 대기업이 200여 개, 중소기업이 900여 개가 있고 현재 3만 7천여 명의 근로자가 일하고 있다. 이천의 900여 개의 기업 중 20명 미만 업체는 690개로 전체의 75%에 달하며, 50명 이상의 업체는 79개로 단 8%에 불과하다. 현재 중소기업에 대한 지원이 필요한 상황이다. 중소기업이 성장을 해야 고용 창출의 효과를 기대할 수 있는데, 수도권정비계획법으로 인해 기업의 면적 제한이 이뤄져 아직까지 성장하지 못하고 있다. 각종 규제로 인해 묶여 있는 이천시가 자유롭게 성장하게 된다면 일자리 창출 효과도 자연스럽게 가져오게 되는 셈이다. 이러한 수도권 규제로 인해서 도시의 동력인 청년 인력들이 타지로 빠져 나가고, 다른 도시에서의 노동 인구의 유입도 어려워지는 일들이 지속된다면, 한창 날개를 펴고 있는 이천의 미래에 부정적인 영향을 미치게 될 것이다. 이천의 중소기업과 소규모 영세 사업장들을 살려서 젊은이들이 지역 내에서 일자리를 찾고, 자유롭게 창업을 하며, 창의적인 아이디어를 모아서 지역을 위해서 활용할 수 있는 기회를 열어주어야 한다.

2015년 10월에 이천에서 열린 '이천시 우수기업 채용 박람회'에는 천여 명의 구직자가 몰렸다고 한다. 취업에 뜨거운 관심을 가진 젊은 이들이 경기도 내와 이천시 내에 있는 50여 개의 우수 기업과의 만남을 가졌다. 사무, 관리, 서비스, 생산직 등 다양한 분야에서 인력을 모집하고 있는 우수 기업들과의 직접적인 만남의 장이 되었던 박람회는 취업을 원하는 젊은이들에게는 우수 기업들에 대한 홍보와 동시에 취업의 문이 되어 주었고, 기업들에게는 훌륭한 젊은 인재들을 빠르게 채용할 수 있는 기회가 되었다. 이러한 만남의 장을 통해서 구직자들이 지역 내에서 적합한 일자리를 찾아줄 수 있도록 해 주는 것은 앞으로도 우리가 계속적으로 뜻을 갖고 추진해야 할 일이다.

● 이천시 우수기업 채용 박람회

그런데 이런 취업활동 외에도 정부나 시에서 해 주어야 하는, 더 중요한 일이 있다. 그것은 이들이 일하게 될 소규모 기업의 환경을 개선을 해 주어야 한다는 점이다. 소규모 사업장에 대해서 1대 1 지원을 확대하고 사업장 내의 기숙사나 식당, 화장실 등을 개보수하여 편안하고 쾌적한 환경 속에서 일할 수 있도록 만들어주어야 한다. 소규모 기업에 대한 정부의 지원을 위해서 노력해야 할 대목이다. 소규모 사업주들에 대한 지원도 병행되어야 함은 물론이다. 그리고 이런 사업장들이 모여 있는 소규모 산업단지의 경영혁신을 지원하도록 노력해야 할 것이다.

2015년 10월에도 이천시는 의류제품 생산업체, 통신·전기관련 업체를 비롯한 다양한 분야의 소규모 기업체 등 6개 기업체들과 투자유치 업무 협약을 체결했다. 그래서 이들 업체로부터 660억 원(고용 185명)의 투자를 유치했다.

이들 기업체들은 이천시 신둔면과 모가면에 조성된 소규모 산업 단지에 입주할 예정인데, 이를 위해 시에서는 기업이 신속하게 이천의 산업단지로 이전해 올 수 있도록 인허가 처리 및 관계 기관 협의 등의 행정 사항을 적극적으로 지원하고 사업의 개발에서부터 추진까지의 모든 과정을 돕기도 하였다. 그리고 무엇보다 이천 시민을 우선 채용하여 지역 경제 발전과 일자리 창출에 기여하도록 했다.

수도권 제한법으로 인해서 기업의 투자 유치가 어려운 시점임에도 이천시는 꾸준한 노력으로 이천 시민의 일자리 창출을 위해서 노력하고 있다. 이천시는 지역 경제 성장을

● 일자리센터에 방문하다.

옥죄고 있는 자연보전권력 규제 해소를 위해서 2015년 3월 경기도의 8개 시장 및 군수(이천시, 용인시, 남양주시, 안성시, 광주시, 양평군, 가평군)와 국회의원, 시군의회 의장 등이 모여서 규제의 조속한 개선을 촉구하는 성명서를 발표한 바 있다. 나 역시 이천시의 이러한 '활력이 넘치는 경제도시 구축'을 위한 적극적인 노력이 청년들에게 희망이 되기를 바라고 있다.

지역의 고른 발전에 대한 해법은 정치권에서 꾸준하게 고민해야 할 부분이다. 무엇보다도 현재 일자리 문제로 어려움을 겪고 있는 시민들의 상황이 우선되어야 한다. 조병돈 시장님이 "일자리 창출이 최고의 복지다."라고 말한 것이 바로 이런 의미라고 생각한다. 기업이 활성화되고 성장하는 것 자체가 시민들을 위한 복지 혜택으로 이어질 수 있기 때문이다. 그래서 작은 노력이라도 지금 시작하지 않으면 안 된다.

이천의 편리한 교통 인프라를 위해

2015년 8월 나는 이천의 지역 현안 사업 건의문을 전달하기 위해서 남경필 경기 도지사님을 만나 뵈었다. 남경필 지사님을 만나서 가장 먼저 이야기한 것은 이천에서 수년간 방치되어 있었던 문제를 꺼내기 위해서였다. 지방도 329호선인 일죽-대포 구간의 확·포장 사업의 추진을 강하게 이야기했다. 그리고 이스라엘의 세계적인 벤처 캐피탈인 이갈 에르리힐

요즈마 그룹 회장님과 조동원 경
기도 혁신위원회 위원장님을 함
께 만나서 이천시 발전을 위한 좋
은 말씀을 들을 수 있는 의미 있는
시간을 가졌다.

지방도 329호선은 모가면, 설
성면, 율면, 장호원읍, 중리동 주

● 남경필 지사님 방문

민과 국립이천호국원 방문객들이 주로 사용하는 도로이다. 그리고 지
금도 꾸준히 교통량이 증가하고 있는 곳이다. 남이천 IC의 개통을 눈앞
에 두고 물류와 산업 기반의 거점도로로서 사용되어질 곳이기도 하다.
하지만 현재 아무런 사업 진행이 없는 상태이다. 남경필 지사에게 나
는 "국립호국원 입지 결정 당시 지방도 329호선 확·포장 사업은 경기도
가 이천 시민에게 한 약속"이라는 점을 열심히 어필했다. 남경필 도지
사는 "이천 시민의 마음을 이해한다."는 답변을 하며 "경기도가 약속한

● 남경필 지사님과 함께

사업이 신뢰를 얻을 수 있도록 노력하겠다."고 조력할 의사를 밝혀 주셨다.

그런 후 지난 2015년 11월 나는 수년간 답보 상태로 방치되어 있는 일죽-대포 지방도 확·포장 사업에 대한 조속한 추진을 위해 박승춘 보훈처장을 만났다. 이곳은 매년 명절을 전후하여 시민들이 성묘를 하기 위해 이동할 때마다 호국원 주변은 물론이고, 인근 도로까지 주차장을 방불케 할 정도로 교통 체증이 심각한 곳이다. 안갑승 중남부권지방도 확·포장추진협의장, 권력간 모가면 발전협의회장 그리고 안중엽 국가보훈처 국립묘지정책과장과 함께한 만남에서 현재 호국원 주변 상황에 대해서 보고하고, 박승춘 보훈처장 역시 경기도와의 긴밀한 협의를 거쳐서 적극적으로 추진할 수 있도록 하겠다는 긍정적인 답변을 들었다.

모처럼의 명절을 주차장 도로에서 보내게 할 수는 없어서, 시민들을 위해 지난 2002년 8월 국립 호국원 입지 결정 시에 경기도는 도로의 확장과 포장을 약속했다. 그러나 지금까지 별다른 진행이 없이 이동하는 시민들만 계속 불편을 겪고 있었다.

게다가 이곳은 이천농업테마파크와 주변 산업단지가 개발되고 남이천 IC, 민주 공원 등이 2015년 준공 예정이기 때문에 앞으로도 교통량이 계속해서 증가될 것으로 예상되는 곳이다. 그뿐만 아니라 도로 자체에도 굴곡이 많고, 농기계 이동 등으로 교통사고의 위험이 높은 곳이기도 하다. 그래서 조기 확장과 포장이 시급한 곳인데, 현재는 토지 보상마저 장기 지연되고 있다.

현재 호국원에서 수산삼거리까지 6.04km 구간만 우선 착수가 된 상황이다. 하지만 이미 약속한 사업의 장기적인 지연 때문에 주민들의 불만이 커져 민원도 많아진 상태다. 2015년 6월, 이 문제는 경기도의 장기표류 지방도사업 전면 재검토 대상에 포함이 되어 주민들의 집단적인 반발이 이어졌다. 이천시 설성면의 주민들이 국립이천호국원 정문 앞에서 대규모 집회를 갖고 사업비 투자 지연으로 인하여 사업이 8년간 표류 상태인 것에 대해서 규탄했다. 주민들의 불신이 극에 달하도록 경기도가 계속 방치했던 것이다.

호국 영령들의 고귀한 뜻을 받들고 지역 발전을 위해 호국원 건립을 수락하였는데, 현재까지 예산 부족 등의 이유를 대면서 차일피일 미루는 것은 행정기관이 주민들과의 약속을 지키지 않은, 옳지 못한 처사이다.

일단 지방도 확·포장 공사가 완료가 되면 남이천 IC, 일죽 IC등과 연계되는 교통망이 구축이 되는데 이에 따른 지역 경제의 활성화와 경기도의 지역 균형 발전 등의 경제적 효과가 예상이 되는 곳이다. 그래서 시급한 것이 바로 이 도로 확·포장 사업이다.

호국원 주변의 일죽-대포 구간의 지방도 확·포장의 해결을 위해서는 이미 착공한 구간(6.04km)을 조기 완공할 수 있도록 해야 하고, 남아 있는 잔여구간(14.86km)도 조기 착수 할 수 있도록 해야 한다. 점점 쌓여가는 주민들의 불만이 해결될 수 있도록 조속히 일이 진행될 수 있기를 바란다.

이천의 오랜 염원이었던 성남-이천-여주 복선 전철 사업이 활기를 갖고 진행된 가운데, 이제 2016년 개통을 앞두고 있다. 성남-이천-여주 복선 전철 공사는 지난 2002년 기본계획수립을 시작으로 사업이 진행되어서 2015년 말까지 모든 시설 공사를 마칠 준비를 했다. 이것은 총

연장 길이 57km, 2조 388억 원의 예산이 소요될 것으로 추산되는 대규모 사업이다. 그래서 이천시는 전철 개통에 맞춰 시내버스 운행 체계를 새롭게 개편하고, 시민과 이용객들이 전철과 버스의 환승에 어려움이 없도록 준비하고 있는 중이다.

이에 따른 서울 및 경기도 출근자 유입에 따라 지역 경제에 활력이 될 것으로 기대가 되고 있다. 2016년 전철이 개통됨에 따라 획기적인 변화가 예상된다. 기존에 동서울과 강남 터미널을 통해서 출퇴근하거나 등교를 하던 시간이 절반 가까이 줄어들게 되기 때문이다. 그리고 성남-이천-여주 복선 전철 부발역 근처에 있는 SK 하이닉스에서는 지금 공장을 증설하고 있는 상황이므로, 증설 공사를 마치고 운영이 되면 현재보다 더 많은 인구들이 드나들게 될 것이다.

그러나 더불어 건설될 전철역 주변에 시내버스 등의 대중교통과 주변 편의 시설이 원활하게 운영될 수 있도록 다양한 인프라를 구축해야 할 것이다. 또한 택시와 다른 대중교통과의 원활한 연계성 방안도 챙겨

야 할 것으로 보인다. 이를 위해 전철 운행 시간에 맞춰서 시내버스 운행 체계를 새롭게 편성하고, 시민과 이용객들이 전철과 버스 환승에 전혀 불편함이 없도록 여러 전문가들과 시민들의 의견을 종합해서 이천 시청 등 관계 기관과도 논의할 계획이다. 그러나 무분별한 투기와 난개발이 이루어지지 않도록 더욱 세심한 주의가 필요하다.

이렇게 교통의 인프라 구축과 함께 도시가 활발해지는 것은 전적으로 너무 좋은 현상이지만 가장 중요한 것은 교통 시설을 이용하는 시민들의 안전과 편리함일 것이다. 안전을 위한 가장 최선의 방법은 도로 시설을 만들 때부터 시작되어야 하는 것이지만, 현재 시민들을 위해서 사용되어지는 여러 교통 인프라들을 다시 돌아보고 안전하게 손질해야 할 필요성도 있다.

일단 현재 구시가지의 공영 주차장이 미흡하기 때문에 여러 가지 불편함을 호소하는 시민들의 민원들이 쏟아지고 있다. 사실 이천시는 좁은 구시가지 주차난이 다른 도시보다 심각한 편이다. 앞으로 인적 교류가 활발해진다면 이동하는 차량의 수도 현재보다 훨씬 많아질 전망인데, 이천 시내에서 현재 주차할 수 있는 공간은 턱없이 부족한 상황이다. 그리고 전철이 개통되는 시점에서 전철 이용자가 많아질 것을 예상한다면 이천 내에서 공영 주차장을 많이 늘려야 한다. 시내의 중심부 주거지역 주차난은 앞으로 관광 도시로 발돋움하게 될 이천시가 해결해야 할 문제이다.

현재 서울에서 이천까지 가기 위해서는 서울의 강남과 동서울 버스 터미널에서 운행되는 고속버스를 타고 가야 한다. 그런데 밤늦게까지 서울에서 일을 하거나 일상을 보내고 이천으로 돌아가야 하는 시민들은 심야버스 부족으로 인해서 불편을 겪고 있는 실정이다. 시계 외 운행거리가 30km로 제한되어 있어서 지역 특성상 버스를 연장 운행하는 것이 고객 불편을 줄이고 효율적인 것인데도 불구하고 현재 반영이 되지 못하고 있다. 그래서 시민들이 겪는 불편함이 이만저만이 아니다. 이 문제의 해결을 위해서는 심야 노선 연장 운행을 50km로 완화하는 지역의 특수성 조건에 '8만 명 이상의 인구가 밀집한 시가지'라는 조건을 추가해야 한다고 본다. 이렇게 관련 시행령을 개정하여 이천 시민들이 늦은 시간에도 무사히 귀가할 수 있도록 도와야 할 것이다.

● 심야버스

안전 인프라 구축으로 행복한 이천 만들기

농촌에는 농번기가 찾아오면 집을 비우는 일이 잦다. 게다가 이를 방지하기 위한 방범 인력이 늘 부족하
다. 따라서 농민들이 애써 가꾼 농산물
들이 절도 당하거나 도난당하는 사례가
빈번하다. 전국적으로 농촌에 CCTV가
설치되어 있기는 하지만 아직 일부에 불
과하고, 설치되어 있는 기계들도 해상도
가 낮아 차량 번호와 사람을 식별하는 데 곤란한 경우가 많다.

그래서 농촌에 최신 CCTV를 달아서 24시간 모니터링과 원거리 감
시는 물론 어떠한 물체도 뚜렷하게 식별이 가능한 높은 화소의 성능을
가진 기계로 농가의 안전에 결정적인 도움을 주어야 한다.

도시화가 급격하게 진행되다 보면 중요하지만 놓치는 것들이 있는
데, 그중 하나가 바로 안전이다. 방범의 취약 지역인 학교와 농촌에 방
범용 CCTV를 설치하는 것은 농민 복지뿐만 아니라 시민들의 기본적
인 안전을 위해 필요한 인프라에 해당한다. 그렇기에 나는 아이들의 안
전한 등·하굣길 시스템 구축을 위한 방범용 CCTV 확대 설치를 공약
에 포함시킬 계획을 가지고 있었다. 농촌 마을과 소외 계층 그리고 여
성들과 아이들의 안전을 위해서는 반드시 필요한 것이기 때문이다. 농
촌에서 어르신들이 돌아다니다가 행여 아무도 없는 곳에서 사고를 당
한다면 그 주변에 있는 CCTV를 통해서 주변 경찰서나 병원에 알릴 수
있는 방법이 되기도 한다.

이천시는 2015년 10월 CCTV 통합 관제 센터를 개소해서 범죄 예방
과 교통안전을 위해 체계적인 업무를 시작했다. 효과적으로 시민들의
생명과 재산을 보호할 수 있도록 어린이 보호구역, 공원, 쓰레기 불법

● 농촌의 가로등

투기 단속용 등은 물론 각 마을에 설치된 CCTV들을 하나의 통합 시스템으로 모니터링할 수 있도록 한 것이다. 시민들의 안전을 위해 이천시가 노력하고 있는 중요한 대목이다.

또한 안전하고 밝은 환경을 조성한다는 점에서 가로등과 보안등의 수리가 반드시 필요하지만 유의해야 할 점이 있다. 농촌의 상황에 맞는 가로등을 설치해야 한다는 점이다. 실제로 다른 농촌 지역의 경우 주민들의 생활 불편을 개선하겠다고 설치된 가로등이 특정 농작물의 성장을 방해하기도 해서 오히려 도움이 안 되는 경우도 있기 때문이다.

선진 문화도시 조성은 자본만 투입한다고 이루어지는 것은 아니다. 무엇보다도 민생과 연결이 되어야 한다. 시민들이 가까이에서 편리함을 느끼고 피부로 느낄 수 있는 안전함을 위해서 힘을 다할 때 가능한

● 마장면 파출소에 들러서 안전에 대해 이야기 중이다.

것이라 여겨진다.

한 해가 다 가고 특히 겨울이 올 때마다 마음속에서 걱정이 되는 것은 소외 지역 주민들이 겨울철 난방비 걱정으로 매서운 겨울을 보내지 않을까 하는 점이다. 특히 농촌에 계신 노인들이나 저소득계층들에게는 에너지 소비를 많이 하는 겨울철이 걱정과 고민으로 얼룩진 시기가 아닐까 한다. 난방비 걱정에, 생활비 걱정에 농촌의 겨울은 길기만 하다.

이천은 도농복합도시이기는 하지만 또 그러한 특성상 농촌 지역의 도시가스 보급률이 현저하게 떨어지는 것이 현실이다. 이천의 10개 정도의 읍·면 지역은 다른 지역에 비해서 도시가스 공급이 여의치 않아서 겨울철의 난방은 주유소에서 배달이 되는 등유에 전적으로 의존하고 있었다. 집에서 취사를 할 때에도 배달용 가스를 사용하고 있는 실정이다. 농촌이 오히려 도시의 가구들보다 훨씬 비싼 LPG 등의 에너지를 소비하고 있는 모순적인 일이 일어나고 있는 것이다.

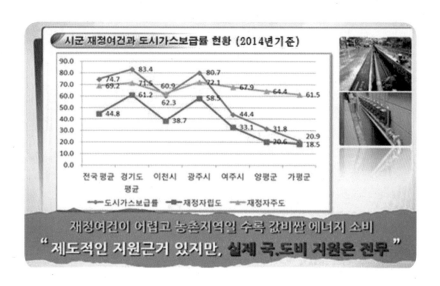

이천의 도시가스 보급률(62.6%)은 경기도의 평균(83.4%)에 크게 못 미친다. 농촌 지역이 도시 가구보다 1.3~2.5배 정도 값비싼 난방과 취사 에너지를 사용하고 있음에도 도시가스의 공급도가 낮았다. 그리고 도농복합도시의 특성상 도시 지역을 먼저 개발할 수밖에 없는 현실 때문에 교육, 복지, 문화, 예술 등 각종 편의 시설이 집중되어 있는 도시 지역에만 도시가스가 우선 공급되고 있었다. 한마디로 이천의 낙후 지역은 도시가스 혜택을 못 보고 에너지 복지를 제대로 경험하지 못하고 있었던 것이다.

그리고 기존의 공급 배관이 설치된 주변 읍·면 취약 지역 세대의 도시가스 공급 민원이 급격히 증가하고는 있지만 현재의 시의 재정만으로는 사업을 추진하기가 어렵다. 이천시에서는 농어촌 취약 지역에 대한 에너지 복지 격차 해소를 위해서 도시가스를 공급하는 관로의 확충 사업 재정을 위해서 경기도에 74억 원 정도의 지원을 요청했다.

그래서 이천시는 이런 농촌의 난방과 취사 환경의 불편함을 줄이기 위해서 시 전역에 걸쳐서 도시가스 공급 10개년 계획을 추진하고 있었다. 특히 2015년 초에는 도시가스 보조금 지원을 위한 조례를 제정하고, 예산을 편성하는 등의 도시가스 보급률 향상을 위해서 노력했다. 그래서 대상 지역을 선정하고 13억 원을 투입하여 도시가스의 공급을 위한 발돋움을 시작하였다.

이천시에서는 시의회, 시민단체, 전문가 등으로 구성된 심의위원회를 열어서 도시가스 공급을 요청한 지역들을 심의하였다. 그래서 대월면 초지리 등의 7개의 마을과 1천 248가구에 주민 부담금의 50%를 지원하여 도시가스를 공급하기로 결정하였다. 그리고 앞으로도 시설 분담금의 50%인 13억 7,500만 원을 지원할 예정이고, 다음 해에도 더 많은 주민들이 도시가스 공급 신청을 할 수 있도록 하였다.

하지만 장기적인 시간이 걸리는 도시가스 배관 공사 때문에 현재 에너지 빈곤을 겪고 있는 세대들은 어떻게 할 것인가? 이를 해결하기 위해 이천은 2015년 겨울부터 형편이 어려워 난방비 부족을 겪고 있는 세대들을 대상으로 '에너지 바우처' 사업을 시작했다.

'에너지 바우처' 사업은 12월부터 2월까지 동절기에 에너지 빈곤층들에게 난방 에너지를 지원해주는 제도다. 이는 빈곤층이 겨울에 혹독한 추위 때문에 어려움과 고통을 겪지 않도록 최소한의 에너지 소비를 보장해준다.

도시가스의 문제는 단순한 보급 문제 이상의 의미를 지닌다. 가뜩이나 교육, 문화 등 도시와 농촌의 간격이 큰 상황에서 농촌과 도시 간 형평성의 갈등을 일으킬 수도 있기 때문이다. 농촌이 살아야 나라가 잘 살게 된다. 에너지마저도 도시에 편중되어 있는 현실에서 힘들게 농촌을 지키고 있는 사람들을 기억하자.

희망 도시 이천, 참교육의 도시로, 평생 교육의 도시로

이천의 여러 고민 중 하나는 아마도 4년제 대학 설립이 불가능하다는 점일 것이다. 이천이 속한 경기동부권의 5개 시·군(이천, 여주, 광주, 양평, 가평)만 4년제 대학이 들어올 수 없기 때문이다. 수도권 규제로 인하여 이들 지역은 다른 지방에 대학 설립의 기회를 빼앗기고 있었다.

　　사실 이천은 교육적인 환경이 충분히 훌륭함에도 불구하고 교육 특구로서 성장할 수 있는 기회가 없었다. 대학교가 인구 집중을 유발한다는 인식 때문에 수도권 규제법에 갇혀서 4년제 정규 대학교를 설립할 수가 없었던 것이다. 물론 현재 수도권 규제법이 완화되고 있는 실정이기 때문에 앞으로 이 문제에 대해서도 유연해질 것을 기대해봄 직하다.

　　그리고 사실 이제는 대학교 교육에 지리적인 여건이라는 환경이 점점 무너지고 있는 것도 사실이다. 대학교 학부 과정과 석사 과정 등이 사이버 과정으로 이루어지는 경우도 있기 때문이다. 굳이 지리적인 장벽을 경험하지 않고도 순수하게 실력이나 열정으로 교육의 기회를 얻을 수 있는 환경이 이루어지기 시작했고, 앞으로도 이러한 환경이 더욱 심화될 것이다. 따라서 이제는 대학교가 지리적인 환경을 떠나서 자체

● 이천 4년제 대학 유치 관련

적인 능력으로 경쟁력을 갖춰야 하는 시대가 오게 되고 대학교를 선택하는 학생의 입장에서도 대학교의 지리적인 위치보다는 그 학교가 얼마나 경쟁력이 있는가를 먼저 보게 되는 시대가 오게 될 것이다.

이제는 기업의 입지 조건도 달라지고 있고, 대학교가 지향하는 학교만의 경쟁력도 달라지고 있다. 수도권 규제에 얽매여 단순히 대학교가 인구 집중을 유발한다는 발상은 이제 구시대적인 판단이다.

그러나 수도권 규제법이 완화될 예정인 지금, 이천을 포함한 경기 동북지역 자연보전권역에 위치한 전문대학, 산업대학의 4년제 일반대학교로의 승격은 포함되어 있지 않다. 실제적으로 이천이 교육 시설을 설립하는 것에 제한을 받고 있는 실정이다. 수도권에서 인구가 많은 과밀지역이나 성장권역은 4년제 대학교가 모두 입지할 수 있는 데 반해서, 인구가 적고 상대적으로 낙후된 자연보전권역은 수도권 내 이전조차 제한되어 있다.

경기도의 자연보전권역으로 4년제 대학 이전이 가능하도록 하겠다는 정부의 발표는 여러 번 있었지만, 실제적으로 시행되기에는 계속적인 진통이 불가피한 상황이라는 것이다. 이런 상황을 변화시키기 위해서 이천은 끊임없이 4년제 대학교의 이전에 대해서 건의하였고, 전문대학과 산업대학의 4년제 일반대학교로서의 승격을 요구하고 있다. 이천의 교육 경쟁력을 위해서 이러한 노력은 계속되어야 한다.

이천시는 2004년 평생학습도시로 선정이 되었다. 평생학습 조례를 제정하면서 평생학습 부서와 평생학습관을 설치하였다. 또한 주민자치학습센터와 전문적인 능력을 가진 평생학습사들을 통해서 배움에

삶의 질
향상

사회적
통합

평생학습도시

주민자치
활성화

지역경제
발전

● 평생학습도시 이천

목마른 시민들에게 도움을 주고 있다. 여러 가지 재정적 어려움에도 불구하고 교육은 모두에게 필요한 만큼 양과 질을 높이기 위해서 최선을 다하고 있다.

4년제 대학교가 들어올 수 없는 환경적인 규제가 있었지만 이천의 시민들은 그런 환경을 뛰어넘어 교육에 힘을 쏟았다. 농·축산업에 종사하시는 분들과 노인 인구들이 많은 곳에는 평생학습 교육에 대한 필요성이 적었고, 상대적으로 우수한 교육시설이 도심지역에 몰려 있었기 때문에 소외 지역에는 배움의 기회가 적을 수밖에 없었다.

그러나 배움에 대한 집념과 성숙한 시민의식으로 이천을 평생학습의 교육장으로 만든 이천 시민들의 노고로 '이천시 평생학습 축제'가 개최됐다. 지방 자치 단체들이 적극적으로 주도하여 만들어 낸 배움의 축제인 이천시 평생학습 축제는 다양한 프로그램들로 이루어져 있다. 시내에 인접해 있는 온천 공원과 서희 청소년 문화센터 같은 장소에서 다양한 홍보·체험·판매관이 열리고 생활, 패션, 전통 등의 테마별 체험과 교육 프로그램들로 구성되어 있다.

'평생 학습'은 너무나도 중요한 것이다. 요즘에는 학창 시절 학교에서 배운 지식만으로는 빠르게 돌아가는 지식과 정보의 내용을 따라가

● 이천시 평생학습축제

기도 힘들다. 학교 외의 교육이 필요한 이유도 그런 점 때문이다. 그런데 더 중요한 것은 사람은 행복감과 도전 정신을 배워야 한다는 것이다. 행복 지수를 높인다는 것은 건강뿐만 아니라 정신적인 만족감까지 함께 조화를 이룰 때 가능한 것이지 않은가?

어린이들에게는 다양한 활동으로 자신의 재능을 발견하게 되어 비전을 키워가며 지역을 대표하는 인재로서 성장할 수 있는 발판이 열리게 될 것이고, 청·장년층에게는 지식 기반 사회에서 생활에 필요한 여러 가지 지식을 섭취함과 동시에 자신감의 고취를 얻게 될 것이다. 그리고 소외지역이나 노인계층은 공동체에 적극적으로 참여함으로써 능력 있는 시민으로의 주체의식이 생겨나게 될 것이다. 여러모로 삶의 질을 개선함과 동시에 도시 전체를 활기 있게 만들어 주는 훌륭한 흐름이 아닐까 한다.

이와 더불어서 조금 더 신경 쓰고 싶은 점이 있다면 이런 이천 시민의 배움에 대한 열정을 더욱 지펴 줄 국가적인 지원과 네트워크다. 국가적으로도 평생학습에 대한 필요성을 느끼고 전 국민적으로 평생학습 환경의 개선에 대해서 힘쓰고 있다. 평생학습의 힘이 국가적인 경쟁력이기도 하기 때문이다. 벌써 몇 년 째 '대한민국 평생학습 박람회'가 열려서 전국의 200여 개의 시도 교육청이 연합하여 평생 교육의 장을 펼치고 있다. 각 지역의 역사와 특색에 맞는 교육 프로그램을 통해서 지방 자치단체 시대에 각 지역의 경쟁력을 높이고 인재를 키워나가는 것은 이렇게 국가적인 사업이다.

그래서 우리 이천시가 추구하는 평생학습의 방향을 국가적인 사업과 연관시켜 이천이 더욱 신선하고 혁신적인 방법으로 교육과 배움의 길을 확대해 나가고, 이천시 내에서도 자치 단체들과 시민들이 촘촘한 네트워크를 이뤄서 농촌과 도시 모두가 균형 잡힌 교육의 장이 될 수 있도록 만드는 일에 최선의 노력을 해야 할 것이다. 교육을 통한 미래의 희망은 작은 발자국부터 시작한다는 생각으로 발걸음을 떼어보면 좋지 않을까.

저출산 극복을 위해 실질적인 대안 제시

나는 새누리당 저출산특위 위원으로 활동해 오면서 강호인 국토교통부 장관을 상대로 저출산 극복과 젊은층의 주거불안 해소를 위해 현재 광역원의 대도시 위주 5곳으로 계획되고 있는 행복주택 신혼부부 특화단지를 수도권의 소도시(인구 30만 미만) 위주로 대폭 확대해 줄 것을 강력히 요청해 왔다. 지난 2014년부터 2015년까지 승인된 지구 105개 단지(6만 4천호)와 2016년 추진 중인 47개 단지(2만 4천호) 중 경기도 이천의 경우 단 한 개의 단지도 조성되지 못하고 있는 상황이었기 때문이다.

국토교통부가 저출산특위 7차 회의에서 나의 요청을 받아들여 신혼부부 행복주택 특화 단지를 현행 계획보다 2배로 확대하여 총 10개 단지로 조성하여 추진하는 것과 관련해 2016년 2월 5일 첫 공약안을 발표했다.

SK 하이닉스를 비롯하여 주요 대기업들의 생산과 물류기지 역할을 하고 있는 이천의 경우 경기권의 그 어느 도시보다 신혼부부에게 특화된 행복주택단지가 필요하다. 이에 따라 국토부의 신혼부부 행복주택 특화단지 증대를 이끌어낸 나는 반드시 이천에 1천 호 이상의 대단위 단지를 유치하겠다는 포부를 가졌다.

신혼부부 특화행복단지 내에는 국공립어린이집, 사회적 기업, 로컬 푸드 매장, 공동육아케어센터, 소아과 등 육아를 위한 모든 시설이 갖추어지게 되는데, 이처럼 신혼부부 특화 행복주택단지가 이천에 조성된다면 맞벌이 부부의 양육 및 보육 부담이 경감되어 이천시가 지향하는 35만 자족도시 건설은 물론 국가적 과제인 저출산 극복에도 기여할 수 있을 것이다.

취약 · 소외 계층, 복지 사각지대 해소를 위해

지난 가을 국정감사장으로 떠나기 전 이천에서 가을 야유회를 떠나시는 이천대한노인회 어르신들께 인사를 드렸다. 가벼운 발걸음으로 가을 풍경과 정취를 즐기러 떠나시는 어르신들을 뵈니 마음이 뭉클했다. 모두 건강해 보이시고 여유롭게 삶을 즐기시는 것 같아 보여서 기쁘기

● 노인분들을 배웅해드리고 있다.

도 했지만 가슴 한편으로는 한 세대 먼저 사시면서 우리 세대들을 위해 모든 것을 다 내어주셨던 분들이기에 최선을 다해 섬겨드려야겠다는 무거운 책임감도 느껴졌다.

처칠 총리는 "역사와 전통을 잊은 민족에게 미래는 없다."라고 말했다. 오늘의 우리가 있을 수 있도록 해주신 분들이 우리의 어르신들이시다. 그래서 역사와 전통 그리고 지혜를 갖고 계시는 어르신들께 존경을 표해야 한다.

공직에서 일하며 지역민들의 어려움을 살피고 함께 호흡하는 이유는, 문제에 대한 해결책을 논의하는 것이 탁상공론으로 끝나서는 절대 안 된다는 나의 신조 때문이다. 구석구석 찾아가서 그분들의 얼굴을 보고 직접 눈을 맞추며 손을 맞잡고 마음으로 이야기를 나누는 것이 공직자의 도리다.

이천시 복지관에서 복지프로그램에 참여하기 위해서 오신 어르신들이나 봉사활동에서 만났던 이천의 어르신들은 구김살 없이 밝으신 분들이었다. 어디를 가나 나를 반갑게 맞아주시는 하얀 머리에 밝은 웃음을 간직하신 어르신들을 볼 때마다 힘이 났다.

농촌이 삶의 기반이었던 과거, 우리 농촌을 지키셨던 노인들에 대해 우리는 존경심과 함께 실제

● 이천시 복지관에서 노인분들을 만나고 있다.

적인 도움을 드려야 한다. 특히 농촌의 노인들은 도심보다 더 혜택을 적게 받을 수밖에 없는 상황이기 때문에 찾아가서 돌보아드리는 적극적인 노력도 필요하다. 노인들이 현재 어려움을 겪고 있는 문제들은 퇴직으로 인해서 소득이 없어져 생활수준이 낮다는 점과, 건강상의 어려움, 곁에서 돌봐줄 사람이 없다는 점 그리고 가족들이 떠나간 상태에서 심리적인 고독감을 느낀다는 점 등 다양하다.

또한 노인 가구는 비노인 가구 대비 평균 소득이 절반 수준에 불과하고, 노인 가구 내에서도 남성보다 여성이 평균 소득이 높은 편이다. 그리고 연령층이 높을수록 교육 수준도 낮고 소득도 낮다. 장기적으로 보았을 때는 노인을 위한 의료 서비스가 강화되어야 한다고 본다. '노인장기요양보험'을 좀 더 내실화하고 노인들이 자주 걸리는 질병을 고려하여 '치매 예방 및 치료관리 강화' 등의 서비스를 더 확충해야 할 것이다.

나는 점점 대두되고 있는 사회적 현상인 고령화 시대에 대비하여 노인 일자리와 복지를 확충하고 사회 안전망 확대 등 65세 이상 노인들에 대한 정책을 총괄하는 노인복지청의 보건복지부 산하 설립을 제안하였다. 또한 고령화로 야기되는 질병을 연구하는 국립노화연구소의 이천시 유치 비전도 제안하며 공약을 발표했다.

평균 수명이 높아지고 있는 요즘, 건강한 노인들이 여러 가지 사회 활동에 참여할 수 있는 길을 열어드려야 한다. 이천 설봉공원에서 혹은 여러 축제나 행사에서 만나 뵈었던 자원 봉사 어르신들에게서 느껴지는 여유와 활기가 너무도 좋았다. 한창 젊은 사람들 못지않게 일하시는 모습을 보면서 세월도 열정 앞에서는 무너지는 것이라는 생각이 들어

흐뭇했다.

작년, 추석 연휴가 끝나고 아침
부터 동네를 다녔다. 백사면에서
교통지킴이를 하고 계시는 어르신
을 만나서 함께 사진도 찍었다. 내
가 만난 한 어르신은 건강도 지키
고 용돈도 함께 버신다며 연신 자랑
이시다. 언제까지고 원하시는 일을

● 교통 지킴이를 하는 어르신과 함께

하셔서 즐겁게 생활하실 수 있기를 바라는 마음이 들었다.

현재 이천은 노인 일자리 사업이 노인들로부터 큰 호응을 얻으면서
좋은 성과를 거두고 있다. 노인 일자리 사업을 추진 중인 이천시노인종
합복지관은 자연이음 사업단, 행복가게사업단과 함께 노인들의 일자
리 창출에 활력을 불어넣고 있다고 한다. 그리고 최근에는 경제적인 형
편이 어려운 노인들을 위하여 친목은 물론이고, 일자리까지 연계하여
풍성한 노후 생활을 할 수 있도록 하는 '카네이션 하우스'를 열었다. 이
천의 행복 나눔 운동의 일환으로 마련된 이 시설은 외로움을 느끼며 살
아가는 독거노인뿐만 아니라 적극적인 사회 활동을 원하는 노인들의
생활 안정을 위해서 큰 도움이 될 것이다.

노인들에게 적극적인 삶의 기회를 만들어드리는 것은 거시적으로
볼 때 오히려 사회적 비용을 줄이는 지혜로운 방법이 될 수도 있다. 노
년에 일을 하면 소득 창출은 물론 건강을 유지하는 것에도 적극적이며
더불어 삶의 보람도 느끼게 된다. 이를 위해서는 노인 인력 활용에 대
해서 모두가 머리를 맞대고 고민해 봐야 한다.

정부와 지방 자치 단체, 노인 인력 운영 센터에서 노인들의 구인, 구직에 힘을 실어주어야 한다. 시니어 클럽 등의 노인 복지관이라든지 시니어클럽 등을 통해서 노인들이 자유롭게 자신들의 의사를 표현하고 권리도 보장받을 수 있도록 해야 할 것이다.

우리나라 노후 빈곤율은 45%로 경제협력개발기구(OECD) 국가 중 1위, 노인 자살률도 1위인 반면 국내총생산(GDP) 대비 노후 복지 지출률은 꼴찌에서 두 번째다. 이러한 노후 불안 위험을 해소하기 위해 어르신 복지 문제를 전담하는 노인복지청이 절실히 필요하다는 생각이 들었다.

지난 봄 서희청소년문화센터에서 이천시 사회복지협의회가 주관하는 좋은 이웃들 발대식에 참석했다. 아직 우리말이 서툴지만 정감 있게 이야기하는 예쁜 새댁들을 만나서 살아가는 모습을 나누고 함께 했던 의미 있는 시간이었다. 사진 한 컷을 함께 찍고 이런 저런 이야기들을 나누며 알게 된 것이 있다. 그분들이 이제는 농촌 지역에서 어엿한 일꾼으로 자리 잡고 열심히 살아가고 있다는 점이었다. 그러나 아직도 복지 사각지대에서 어려움을 겪고 있는 분들이 많이 있고, 도움이 필요한 분들도 많이 있었다.

현재 이천에는 다문화가정이 4,000가구를 육박할 정도로 외국의 이주 여성인들이 급증하고 있다. 여성복지 시설에 대한 인지도를 조사해도 다문화가족지원센터에 대한 인지도가 가장 높은 순서를 차지할 정도다.

무엇보다 내가 주력하고 있는 분야 중 하나는 여성들의 권익 증진 분야다. 그 여성이라는 범주 안에는 다문화가정의 여성도 포함되어 있다.

● 다문화가정 좋은 이웃들 발대식에 참석하였다.

이제는 이주민 여성들도 농촌지역을 비롯한 여러 분야에서 중요한 인력이 될 수 있기 때문이다. 어떤 일에서든지 기회를 얻어서 열심히 생활할 수 있도록 그들을 도와야 한다. 그리고 한국 문화와 언어에 빨리 적응하고 일상에서의 불편함이 없도록 도와주는 것은 우리의 몫이다.

전국의 농업인들의 목소리를 대변하고 여성농업인들의 권익 신장을 위해 불철주야 뛰어다니는 나는 매년 개최되는 '이민여성농업인 워

● 이민여성 농업교육워크숍에서 시상하고 있다.

크숍 시상식'에 늘 빠지지 않고 참석한다. 작년에도 이전과 마찬가지로 행사에 참가했다. 농촌 결혼이민여성을 우수한 농업 인력으로 양성하기 위한 이번 워크숍에서는 결혼이주여성들을 비롯해서 여성농업 후견인, 여성복지 담당자 등 많은 전문가들이 한자리에 모여서 우수 멘토, 멘티들을 시상하고 함께 기쁨을 나누었다.

언어와 문화 그리고 생활 등 모든 것이 낯설기만 한 결혼이민 여성들에게 든든한 버팀목이 되어주기 위해서 1대 1 맞춤 농업교육 및 사회통합 프로그램 등을 실시하고 있는 전국의 각 농협 중에서, 이천 부발 농협의 임명옥 과장이 올해 농림축산식품부 장관상을 수상하였다. 이천에 살고 있는 결혼이민 여성들에게 커다란 힘이 되어주셨던 분을 비롯해 전국 각지에서 농촌이민 여성을 위해 노력하신 분들께 시상하게 되어 너무 기뻤다.

결혼이주여성을 포함한 다문화가정은 한국어 교육, 다문화가족 방문교육 서비스, 다문화가족 자녀들의 언어 발달 지원, 다문화가정 자녀들의 학습기회 증진, 결혼이민자 통번역서비스 등의 구체적인 부분에서 복지 혜택이 필요하다. 그리고 지역 사회가 이들을 돕기 위한 인적, 물적 네트워크가 잘 형성이 되어 있어야 하고, 무엇보다 아직까지도 쉽지 않은 다문화가정에 대한 인식 개선 등의 노력이 필요하다.

이천은 이천 지역의 외국인 단체와 다문화센터 및 사업장들과 연계해서 결혼이주 여성들에게 매년 의료 서비스를 지원하고 있다. 또한 다문화가족지원사업을 통해서 이들의 한국사회 초기 적응과 정착을 위해서 기초적인 언어교육과 실질적인 한국 문화 이해 프로그램을 개발하고 있다. 그리고 농협 이천시지부에서는 농촌지역으로 결혼하여 이주한 여성들에게 모국 방문 비용을 전액 지원하여서 경제적인 어려움으로 오랜 기간 친정을 방문하지 못한 여성들을 위해서 항공권과 체재비를 전달하기도 했다.

다문화가정은 지금 함께 살아가고 또 미래사회에서 우리 민족으로 함께 어우러져서 살아가야 할 사람들이다. 우리 세대 다음부터는 아마 혈연적으로도 많이 섞이게 되어서 그들이 자연스럽게 한민족의 삶 속으로 스며들어 오게 될 것이고, 우리나라 또한 점점 국제적인 도시가 되어감과 동시에 더 많은 외국인들이 들어오게 될 것이다. 따라서 저소득층이 많은 다문화가정이 경제적으로도 자립할 수 있도록 하고, 우리 국민들과 갈

● 도명사에서 진행된 다문화가족의 효문화 공동체 행사에 참여하다.

● 다문화가족지원센터 방문

등 없이 잘 어우러질 수 있도록 도와야 한다.

이천에는 이천시에서 위탁 운영하는 이천시다문화가족지원센터를 중심으로 (사)다문화가정협회, (사)다문화가정센터, 다사랑문화센터 등 다문화가정 관련 단체에서 결혼 이민자와 그들의 자녀, 그리고 다문화 가족을 위한 각종 프로그램들을 운영하고 있다. 다문화가정 중 중도 입국 자녀들의 경우는 이 지역의 아이들과 함께 정규 과정에서 함께 무리 없이 학습할 수 있도록 교육 지원도 함께 이루어지도록 힘을 쏟고 있다.

이런 다문화가정과 더불어 우리 사회가 함께 품어야 할 가정은 한부모가정이다. 최근에는 경제적 문제로 인한 이혼의 증가, 배우자의 사별, 별거, 유기 등의 문제들이 많고 미혼모 가정들이 늘어가는 상황이라, 아버지나 어머니 한쪽이 아이를 양육하는 사례가 증가하고 있다. 아이들에게 따뜻한 울타리가 되어 주어야 할 부모 중 한쪽이 부재하여 심리적·육체적으로 어려움을 겪고 있는 아동과 청소년이 늘어나고 있는 상황이다.

이렇다 보니 가족 기능을 유지하기가 어렵고 아이를 양육하는 한부모는 늘 경제 활동을 해야 하기에 자녀는 부모와 함께 있는 시간이 줄고, 더불어 양쪽 부모에게서 받아야 할 지원을 받지 못한 상태로 성장해야 하는 어려움이 있다. 더군다나 저소득층일 경우 아이의 교육비와 생활비를 제대로 충당하지 못해서 곤란을 겪는 사례들이 많다.

지난 5월에는 '한부모가정의 날' 및 '한부모가정의 주간'을 기념하여 한부모가정에 대한 정책 포럼이 열렸다. 우리나라의 한부모가정은 매년 증가하고 있지만, 이에 대한 구체적인 지원 정책이나 사회적 시각은 변화의 구조를 따라가지 못하고 있는 실정이다. 그렇기 때문에 한부모 가정을 포용하고 도와줄 수 있는 사업이 절실하게 필요한 상황이다.

● 한부모가정사랑상 중 정치인 상을 수상

여성가족부에서는 '한부모가족지원사업'을 하고 있는데 한부모가 족의 복지와 반편견 교육에 대해서 연구하고 지원하는 사업이다. 이것 은 아이를 위한 건전한 양육 환경을 조성하고 교육 기회를 확대하기 위 해서 마련되었는데, 한부모의 자립 기반을 조성하고 복지 생활을 영위 하도록 한 것이다.

한부모가정에는 실제적인 도움을 주어야 한다. 가령 아동양육비 지 원, 수업료 및 교복비, 학습 재료비 지원, 한부모가족 자녀 특기 교육비 지원, 청소년 한부모 자립 지원 등과 같은 구체적인 항목들을 더 연구 하고 찾아서 세부적인 사업들을 지원하여 실질적인 도움을 줄 수 있도 록 해야 할 것이다.

복지 사각지대에 놓여 있는 분들에게 실질적인 도움을 줄 수 있는 방법이 무엇일까에 대해 항상 고민하는 나는 이곳저곳을 바쁘게 뛰어다니곤 한다. 작년 가을 초엽에 나는 이천시 모가면에 위치한 '새생명의 집'을 방문하여 자상하시고 유쾌하신 원장님과 그곳에서 생활하고 계신 분들과 인사를 나누었다. '새생명의 집'은 60명의 중증 장애인이 38명의 선생님들의 도움과 각종 생활 서비스를 받으며 살고 있는 생활시설이다. 몸은 조금 불편하지만 티 없이 맑고 아름다운 미소를 가진 여러 장애인분들을 보니 오히려 나의 마음이 정화가 되는 기분이었다.

2015년 정부는 '장애인과 비장애인이 더불어 행복한 사회'라는 비전을 제시하였다. 그래서 장애인 복지와 건강 서비스 확대, 장애인의 생애주기별 교육 강화 및 문화·체육 시설 확대, 장애인의 경제적 자립 기반 강화와 장애인의 사회 참여 및 권익 증진에 대한 것이었다. 경기도와 이천에서도 현재 장애인 등록 인구 증가로 복지 수요가 다양화되고 있고, 이에 따라 장애인들을 위한 복지 서비스를 강화해 나가고 있다.

장애인들은 신체적인 어려움뿐만 아니라 취업이나 경제적 활동에 어려움을 많이 느끼고 있다. 이를 극복하기 위해 재활 서비스 치료에 대한 욕구는 계속 증가하고 있다. 여가와 취미, 교육, 혜택 그리고 결혼 등 평범한 사람들이 일상적으로 누리는 활동에 대한 욕구들도 마찬가지이다. 장애인 복지관이나 직업 재활 시설 등을 편리하게 사용할 수 있도록 설립하였으니, 장애인 주거시설이라든지 장애인 심부름센터 등 구체적인 영역에서 장애인들이 필요로 하는 부분에 대한 사업들도 추진될 수 있도록 해야 한다.

최근에 이천에서는 '제1회 이천시 장애인 취업 박람회'를 가졌다.

● 새생명의 집 방문

● 장애인 취업 박람회

한국장애인개발원의 지원으로 이천시에서 처음으로 열린 장애인 취업 박람회는 구직자와 사업체 그리고 협력기관 종사자 등 400여 명이 참석한 가운데에 성황리에 이루어졌다. 이 행사는 장애인들이 수행할 수 있는 직업 진단과 상황 평가를 통해서 장애인들이 경제적으로 자립할 수 있는 길을 열어준 귀한 자리였다.

이뿐만 아니라 장애 아동들과 청소년들이 지역 사회의 다양한 문화 체험 활동을 하도록 만들어 주는 프로그램들과 장애인들의 체육 행사 참여 등의 다양한 프로그램을 통해서 이천은 장애인 복지에 최선을 다하고 있다. 그러나 장애인 복지 급여라든지, 복지 시설 확충, 장애인들의 이동 편의 증진 사업, 중증 장애인들을 위한 맞춤형 방문 교육 등의 실제적인 부분에서 개선되어야 할 분야가 많은 것도 사실이다.

과거에는 장애인들이나 생활 취약 계층들을 위한 시설 인프라가 많이 부족하여 혜택을 받는 것조차 힘들었다. 그러나 이제는 다양한 복지 정책들을 어떤 시스템으로 끌고 나가고 정착, 발전시킬 것인가에 더욱 주목하고 연구해야 한다. 이천이 복지의 허브가 되기 위해서는 민관이 함께 협력하여 활성화할 수 있는 방법들을 개발해야 하고, 자원네트워크를 구축할 수 있는 리더십도 갖추어야 할 것이다.

더불어 사는 삶, 이천과의 행복한 동행길

CBMC(기독실업인회) 크린이천봉사단 회원님들과 함께 설봉공원을 청소하는 것으로 하루를 시작할 때 큰 행복을 느낀다. 매주 토요일 오전마다 하고 있는 설봉공원 청소 선교 활동은 분주하게 이곳저곳을 다니며 일하는 일주일 동안의 나의 생활에 대해서 생각할 수 있는 의미 있는 시간이기도 하다. 봉사단 회원님들과 오전 7시 정도에 만나서 한 시간 정도 청소를 진행하는데, 상쾌한 아침 공기가 그렇게 시원할 수 없다. 참석을 열심히 하여 초록 조끼도 받았다.

● 크린이천봉사단에서

설봉공원에는 이른 아침부터 운동을 즐기는 분들이 많다. 매주 청소시간마다 운동하고 계시는 분들께 많은 말씀을 청해듣고는 했는데, 청소 중 어떤 어르신 한 분께서 몇 개의 운동기구가 고장 난 채로 방치되어 있어서 운동하는 데 불편이 많다는 말씀을 해 주셨다.

선교 활동이 끝난 후 바로 이천 시청 공원사업소 직원분들께 기구 수리를 부탁 드렸다. 일주일이 지난 후 청소를 하러 다시 들르니 운동기구들이 모두 새것처럼 고쳐져 있었다. 정말이지 너무도 감사한 마음이 넘쳤다. 조금도 귀찮아하지 않으시고 자신의 일처럼 나서서 시간을 내주신 것이 고마웠다. 기구 수

● 크린이천 봉사단원들에게 손녀딸을 자랑하고 있다.

● 이천 사무실에서

리를 위해서 힘써 주신 이천 시청 공원사업소 직원 분들을 비롯한 모든 분들께 감사의 말씀을 잊지 않았다.

회원님들과 담소를 나누며 올해 태어난 예쁜 손녀딸의 사진도 보여주고 자랑도 하는 시간이 내게는 참으로 소중했다. 이천의 다양한 분들과 사람 사는 이야기들을 주고받을 수 있고 어떤 부분에서 내가 봉사해 드릴 수 있는지에 대한 생각을 할 수 있는 기회이기도 하기 때문이다.

이천 시민에게 늘 가까이 다가가기 위해 우리 사무실에서는 민원을 받아서 해결하고 있다. 이천 사무실은 이천지역 시민들에게는 언제나 열려있는 공간이며, 애로사항을 접수하기 위해 언제나 귀를 기울이고 있는 곳이다. 24시간 365일 민원 접수를 받고 시민들의 손과 발이 되기 위해서 언제나 노력하고 있다. 지역 사회와 늘 함께 호흡하고 달려가는 것은 나의 사명이자 행복이다.

2015년 여름에는 나와 함께 우리 의원실 식구들은 '행복한 동행' 캠페인에 참여하였다. 우리 직원들은 모두 '행복한 동행' 기부 신청서를 작성하여 체결하였다. 기부 서약서를 작성하기 전 조병돈 시장님을 만나 뵈었는데, 이천 시민들을 위해서 온몸을 던져 일하시는 시장님의 노고에 더욱 적극적으로 동참하고 싶다는 의사를 밝혔다.

이천시가 관심을 갖고 '행복한 동행'을 시행하고 있는 것은 민관복지 협력 체계의 좋은 모델로서 행복한 이천을 만드는 기반이 될 것이다. 이런 소중한 일에 우리뿐만 아니라 더 많은 시민들이 우리 이웃들의 따뜻한 정을 느끼며 희망을 갖고 살아갈 수 있도록 계속적으로 동참했으면 하는 바람이다. '행복한 동행' 사업은 재능기부를 통해서 어려운 이웃과 함께하는 사업으로 현재 408개 사업장이 참여하고 있고, 시민들의 적극 참여를 유도해서 3만 6천 명가량의 이천 시민이 동참하고 있는 나눔 사업이다.

나눔의 삶은 우리 사회 구석구석을 비추는 빛과 같이 너무도 소중한 것이다. 겸손한 사람들은 자신의 소유를 자신의 것으로만 여기지 않고 나누는 삶을 실천한다. 벼가 익을수록 고개를 숙인다는 것이 사람에게 비유되기도 한다.

쌀을 사랑했던 우리 민족에게 있어서 '겸손'은 그러한 벼에게 배울 수 있었던 중요한 덕목이다. 그리고 풍성하게 거두고 창고에 들인 후,

● 의원실 직원들과 함께 '행복한 동행' 참여

때가 되면 남에게 베푸는 것
은 우리 민족의 아름다운 풍
속이었다. 따뜻한 정을 나누
고 베푸는 아름다운 일은 전
염성을 갖기 마련이다.

● 적십자사에서 사랑과 봉사정신 상을 받다.

2015년 8월, 나는 대한적
십자사로부터 사랑과 봉사
의 정신에 대한 감사의 표시로 총재 명의의 포상증을 수여받았다. 기
쁘고 감사한 자리가 아닐 수 없었다. 이 상은 더욱더 선한 일에 매진하
라는 응원으로 여겨졌다. 나는 국회 입성 이후에 국회의원 세비 10%를
매년 대한적십자사, 유니세프, 사랑의 장기기증 운동본부 등에 지속적
으로 기부했다. 보이지 않는 곳에서 사랑을 실천하는 분들의 노고에 동
참하는 것은 국민을 섬기는 자의 도리라고 생각하기 때문이다.

그리고 세월호 참사 피해 가족 돕기 성금과 태풍 피해 주민 돕기를
통해서도 나눔을 실천하는 삶을 살기 위해 노력하고 있다. 왼손이 한
일을 오른손이 모르도록 해야 하는 것이 선행이지만, 좋은 일에 앞장서
는 것은 많은 이들에게 알리고 동참을 요구해야 한다고 생각한다. 앞으
로도 나의 이러한 노력이 빛을 발하여 좋은 일에 동참하는 이들이 많아
져 서로의 슬픔과 아픔을 보듬어 줄 수 있는 사회가 되기를 소망한다.

이천에서 맞는 이른 아침

● 이천 새해 해맞이 행사

이천의 뚜렷한 특징 중 하나는 친목 모임이 굉장히 발달되어 있다는 점이다. 협회 및 향우회를 비롯해 로타리클럽이나 라이온스클럽, 다양한 목적을 가진 사적 모임들까지 많은 분들이 서로 유대를 가지고 함께 활동하고 있다. 그만큼 다양하게 진행되는 행사들에 참석해 많은 시민분들과 어울려 함께 소통하면서 그분들의 고견을 마음에 담기도 하고, 건네주시는 따뜻한 말 한마디에 큰 용기를 얻기도 했다. 돌이켜 생각해보니 받은 것이 참 많았다.

● 어머니 합창단과 함께

동요대회에 참가하기 위해서 노래 연습을 하는 어린 유치원생부터 소풍을 떠나시는 어르신들에 이르기까지, 나이와 세대를 불문하고 이천의 아름다운 시민들을 만나기 위해 노력했던 것은 단 한 가지 이유 때문이다. 귀를 열고 마음을 열고 웃는 얼굴로 서로의 목소리를 들을 때 비로소 즐거운 '소통'이 시작되기 때문이었다.

부지런한 이천 시민들을 만나기 위해서는 그보다 더 부지런해야 했다. 날이 밝기도 전에 산으로 향하시는 산악회 회원들에게 인사하기 위해 나의 주말은 늘 까만 하늘을 보며 시작했다. 작은 민원 하나도 놓치지 않기 위해 지역 사무실 문은 언제나, 누구에게나 활짝 열어두었으며 '24시간 민원인의 날'을 정해 시민들을 초대하여 소통의 장을 마련했다.

정치인에게 시민의 의견인 민원은 곧 그들의 마음과 믿음을 담보로 한 빚이라고 생각한다. 그리고 '빚'쟁이가 되느냐, '빛'쟁이가 되느냐는 진심이 담긴 노력에 달려있을 것이다.

지난 겨울, 홈페이지에 여러 명의 이천 시민으로부터 같은 내용의 민원이 연이어 올라왔다. "증포새도시 3지구 조성 시 초등학교 부지를 고려하지 않아 초등학교가 신설되지 못함에 따라 증포 3지구에 거주하는 아이들이 통학로도 좋지 않은 약 1.5km가량 떨어진 이천초등학교로 학구

● 증포동 초등학교 설립 관련 비대위 대표단 내방

● 증포새도시 걷기 대회

를 배정받고 있다."며 도움을 청하는 내용이었다. 이에 '증포동 신설 초등학교 설립 관련 비대위 대표단'을 사무실로 초대해 직접 만나 의견을 나누고, 현황을 파악하고 대책 마련을 위해 함께 현장을 답사한 끝에 '증포새지구 초등학교 건설'을 공약화할 수 있었다.

나 또한 두 아들의 어머니로서 우리 아이들이 안전하게 통학하고 좋은 환경에서 공부하길 바라는 학부모님들의 마음을 너무나도 잘 알기에 공약의 현실화를 통해 그들에게 한줄기 빛과 같은 선물을 전하며 빚을 갚고 싶었다.

국회의원 후보자들이 선거운동 기간 동안 자신의 지역구를 3바퀴쯤 돈다고 하지만, 난 그 이상을 발로 뛰었음을 확신한다. 현장의 소리가

● 초등학교 설립 관련 현장답사

곧 정책이 된다는 신념으로 일해 온 내게 이천 구석구석을 발로 뛰며 듣는 시민의 소리는 그 무엇보다도 소중했다.

한 겨울날, 거리에서 마주친 내게 보내주시던 따스한 눈길과 손길들은 꽁꽁 얼어버린 손과 발을 녹일 뿐 아니라 내가 다시 찬바람에 맞서 이 거리에 설 수 있는 의미를 만들어주곤 했다.

19대 국회 개원 이후 나의 본회의 출석률은 94.01%, 상임위 출석률은 93.83%로 국회의원 순위 중 최상위권이다.

총선이 다가올수록 의정활동보다 지역으로 내려가 민심다지기에 주력하는 의원들이 종종 보이곤 하지만 나는 집권여당의 국회의원으로서 소명을 다하기 위해 한시도 국회활동을 게을리한 적이 없다. 빡빡한 일정을 소화하는 것이 힘들기는 하였지만 나는 내게 주어진 일에 최선을 다해야 한다는 생각으로 하루하루를 맞이했다. 남들보다 조금 더 일찍 일어나고 조금 더 늦게 잠이 들면 된다는 생각으로 부지런히 일을 해 나갔다.

● 관고 시장에서 길거리 인사

● 이천 터미널 앞, 거리 인사

지난 2월, 테러위협으로부터 국민들을 보호하기 위한 테러방지법의
통과를 막기 위한 야당의 필리버스터가 이어지던 때에는 서울과 이천
을 매일 오가야 했다. 주간에는 지역에서 일정을 소화해야 했기 때문에
늦은 저녁 국회로 차를 몰아 야간에 당번을 서며 날을 지새운 뒤, 뜨는
해를 보며 이천으로 돌아와 오전 일정에 참석해야 하는 강행군이었다.

하지만 국회 선진화법을 악용한 이번 필리버스터로 인해 우리 국민들의 생명이 그만큼 더 테러위협에 무방비로 노출될 뿐 아니라 선거구 획정안을 담은 공직선거법 처리가 지연되어 다수의 예비후보자들이 자신의 선거구조차 확정되지 않은 상태에서 선거유세활동을 해야 하는 현실이 안타까워, 남들보다 긴 하루를 보내면서도 마음은 늘 촉박했던 기억이 난

● 테러방지법 통과를 위해

다. 그랬기에 법안이 통과되고 걱정했던 일들이 차근차근 진행되었을 때 비로소 마음의 여유를 찾을 수 있었다.

나는 늘 나라를 위한 걱정을 걱정으로만 그치지 않고, 현실적이며 실현가능한 대안을 마련하기 위해 끊임없이 노력해왔다. 그 결과 '일 잘하는 국회의원'이라는 수식어는 항상 나를 따라다닌다. 이러한 칭찬이 내게 큰 책임감을 주는 동시에 더욱더 의미 있는 일을 할 수 있도록 하는 힘의 원천이 아닐까.

06

에필로그

달려온 길 위에 핀 아쉬움
대한민국을 위해 언제나 발로 뛰는 윤명희입니다

○ ● ○

달려온 길 위에
핀 아쉬움

○ ● ○

100% 국민경선 실시에 대해 가졌던 기대와 현실의 벽

나는 새누리당 김무성 대표가 주장했던 상향식 공천인 100% 국민경선에 대한 기대가 컸다. 국민들이 직접 후보자를 뽑는 과정에 대해 희망적인 기대를 품고 있었기 때문이다. 이번 총선 공천 과정이 과거와 가장 크게 달라진 점은 결정 과정에 여론조사 비중이 커졌다는 점이다. 유권자의 뜻을 적극 반영한다는 취지는 좋았으나, 오랫동안 그 과정에 대한 잡음이 끊이지 않았던 만큼 형평성 문제와 여론조사 업체 및 여론조사 대상자 선정에 있어서 아쉬움이 많이 남는다.

이러한 국민경선 과정에서 한 사람이 같은 조사 기관에서 전화를 두세 번씩 받게 되어 결국 응답이 중복되는 경우도 있었다. 이는 지역 유권자들에게 1인 2표의 길을 의도적으로 제공한 것이기 때문에 형평성에 어긋난 방식이었다. 여론조사 전문기관에서 전화를 받은 사람들 중에서는 자신이 답변을 주고 옆에 있는 사람을 바꿔달라고 해서 질문을 받았다는 증언도 나오고 있다.

지지정당을 묻기는 하지만 솔직한 대답인지 확인할 방법도 없는 데다가 여론조사로만 뽑다 보니 이름이 알려진 지역구 의원이이나 당협위원장이 상대적으로 유리해 불공정하게 조사가 이루어졌다. 이와 같은 공천이 진행된 후에 새누리당에서만 여론조사 경선에 대한 문제 제기가 90건이나 나왔다. 실수로 350명을 중복 조사한 경남 사천·남해·하동은 여론조사를 다시 하기도 했다. 지지율 격차가 오차 범위 안에 들면 승부를 가릴 수 없다는 여론조사의 기본이 무시되기도 하였다. 여야의 여론조사 경선은 민의를 반영한다는 본래의 취지보다는 문제점이 더 두드러진 것이다.

공천제도에 대한 아쉬움

비례대표의 목적은 국회에서 우리 사회의 각종 직능분야와 소외 계층을 대표하고 전문성을 발휘하도록 하는 데 있다. 국민을 대표하여 본인의 전문분야에 있어서 능력을 발휘하여 국가를 위해 일한다는 것은 내게 큰 책임감과 함께 자부심을 주곤 했다. 하지만 20대 총선 공천 성적표가 공개되면서 비례대표 제도에 대한 여러 문제점을 깨닫게 되었다. 공천결과가 비례대표로서 본연의 전문성이나 의정활동 활약상과 꼭 일치하지 않는다는 점에서다. 이번 경선에서 승리한 일부 의원들은 일찌감치 의정활동보다 지역구에 '올인'한 경우가 적지 않다. 이번 공천과정에서

○ ● ○

대한민국을 위해 언제나 발로 뛰는
윤명희입니다

○ ● ○

국민의 손과 발이 되어야 할 국회의원으로서 거창하게 무엇을 하고 있다고 이야기하는 것보다 더 중요한 것은 사람 간의 만남이라고 생각한다. 직접 눈을 마주보고 미소를 짓고 웃으며 이야기할 때 서로 간의 마음속에 있던 얼음이 녹고 편견이 사라진다.

웃음꽃 피는 이야기 속에서 우리는 비로소 마음이 열리고, 우리 주변의 여러 문제를 편한 마음으로 이야기할 수 있다. 문제는 혼자서 해결하는 것이 아니다. 우리가 함께 마음을 모으고 손과 발을 모을 때에 비로소 풀린다. '서로를 살리는 것'은 우리가 우리의 고장을 풍성하게 이끌어가는 야무진 '살림'의 기본 바탕일 것이다.

'답은 현장에 있다.'는 신념으로 현장에서 발로 뛰며 일해 왔다. 그러면서 많은 분들을 만나 뵈었다. 농번기로 일손이 바쁘신 농민들, 오늘도 기업을 위해서 최선을 다해 뛰어다니시는 자영업자분들, 독거노인들과 장애인들을 위해서 봉사하시는 분들, 가족의 건강과 행복을 위해서 최선을 다하시는 주부님들, 심도 있는 의견을 함께 나눠 주시고 따끔한 이야기도 서슴지 않고 말씀해주시는 분 등. 내가 많은 분들을 만나 뵈면서 깨달은 것이 있다. 바로 '귀 기울여 듣는 것의 소중함'이다. 귀를 열고 여러분들의 이야기를 들으며 함께 문제를 풀어나가는 것만큼 소중한 경험은 없다고 생각한다. 만남이라는 것이 얼마나 감사한 것인지! 이 만남으로 만든 인연의 소중함을 하루하루 깨닫는 중이다. 정치를 하며 많은 분들을 만나 뵙고 일을 할 수 있었던 것은 나에게 있어 커다란 특권이었다. 전문성을 바탕으로 누구보다도 앞선 걸음으로 현장에 달려 나갔고, 잘못된 점을 비판하기 보다는 현실적인 정책 마련을 위해 주도적으로 일하며 '일 잘하는 국회의원 윤명희'라는 별명까지 얻게 되었다.

비록 지금은 이천 시민들과 더 함께할 수 없게 되어 안타깝지만 이는 새로운 도전을 할 수 있게 만드는 발판이 될 것이라 믿는다. 이때까지 너무 숨차게 뛰어 왔기 때문에 잠시 쉴 수 있는 시간이 주어진 것이라 생각한다. 나는 이 기회를 통해 잠시 숨을 고르며 새로운 도전을 향해 달려 나갈 생각이다. "도전은 인생을 흥미롭게 만들며, 도전의 극복이 인생을 의미 있게 한다."라는 말처럼, 나는 앞으로도 민생현안의 해결사로서 모든 능력과 힘을 다해서 이천을 비롯한 우리 대한민국의 발전과 번영을 위해 최선을 다할 것이다.

맛있는 삶의 레시피
이경서 지음 | 값 15,000원

책『맛있는 삶의 레시피』는 암담한 현실을 이겨내게 하는 용기와 행복한 미래를 성취하게 하는 지혜를 독자에게 전한다. '맛있는 삶, 좋은 인간관계, 자신만의 꿈'이라는 커다란 주제 아래 마흔다섯 가지 에피소드를 다루고 있다. '행복한 삶은 무엇인가?'라는 화두를 독자들에게 던지고, 생생한 경험을 바탕으로 한 행복론論을 온기 가득한 문장으로 풀어낸다.

넘어진 후에야 비로소 나를 본다
김세미 지음 | 값 15,000원

『넘어진 후에야 비로소 나를 본다』는 실패와 좌절 후에 부족한 점은 무엇이었는지 점검하고 다시 도전할 수 있도록 독자를 독려한다. 현재 한국이미지리더십 연구소 대표이며 국가원로회의 전문위원으로 활동 중인 저자가, 20여 년 사회생활 경력을 토대로 전하는 위기관리 및 자기경영 노하우가 책 곳곳에서 빛을 발하고 있다.

포기하지마 넌 최고가 될 거야
권기헌 지음 | 값 15,000원

책『포기하지 마! 넌 최고가 될 거야』는 본격적으로 험난한 인생길에 접어든 젊은이들에게 전하는 '격려와 조언'을 담고 있다. '자아, 지식, 열중, 긍정, 소통, 창의, 감성, 꿈'이라는 주요 키워드를 중심으로, 어떻게 하면 자신이 원하는 인생을 살아갈 수 있는지에 대해 따뜻한 목소리로 자세히 설명하고 있다. 취업과 경제적 사정 때문에 늘 고민이 많은 우리 청년들이 이 책을 통해 자신감을 얻고 밝은 미래를 위한 청사진을 구축하기를 기대해 본다.

범죄의 탄생
박상용 조정아 지음 | 값 15,000원

책『범죄의 탄생』은 경찰서장 출신 변호사와 교도관 출신 작가가 대담對談 형식으로 풀어나가는 '범죄의 발생 원인과 해법'을 담고 있다. 대한민국을 떠들썩하게 했던 주요 사건들을 종류별로 면밀히 분석해 낸다. 이를 통해 우리 사회의 흉측한 민낯을 통렬히 고발함은 물론 적절한 대응방안과 해결책을 제시한다.

잘나가는 공무원은 어떻게 다른가

이보규 지음 | 값 15,000원

책 『잘나가는 공무원은 어떻게 다른가』는 36년간의 공직생활을 바탕으로 한, 행정의 달인이 밝히는 공무원의 세계가 상세히 소개되어 있다. 저자는 말단 동사무소 9급 공무원으로 출발하여 고위직 서울시 한강사업본부장으로 정년퇴직했다. 9급 말단에서 1급 고위공무원으로 나아가는 과정을 경험을 토대로 세세히 기술하고 다양한 자기계발 소스들을 중간중간에 삽입하여 재미와 실용이라는 두 마리 토끼를 한꺼번에 잡아내었다.

엔지니어와 인문학

김방헌 지음 | 값 15,000원

책 『엔지니어와 인문학』은 평범한 삶 속에서도 반드시 얻게 되는 깨달음들을 에세이 형식으로 담고 있다. '삶은 무엇인가'라는 질문의 대답은 우리 일상 속에 있으며 우리 모두가 한 명의 위대한 철학자임을 다양한 에피소드를 통해 전한다. 인문학적 삶, 철학적 삶은 어려운 학문이나 연구가 아닌 우리의 일상 그 자체이며 아주 작은 사고의 전환만 있으면 얼마든지 일반 사람들도 향유할 수 있음을 이 책은 증명하고 있다.

가슴으로 피는 꽃

신영학, 위재천 지음 | 값 15,000원

책 『포기하지 마! 넌 최고가 될 거야』는 본격적으로 험난한 인생길에 접어든 젊은이들에게 전하는 '격려와 조언'을 담고 있다. '자아, 지식, 열중, 긍정, 소통, 창의, 감성, 꿈'이라는 주요 키워드를 중심으로, 어떻게 하면 자신이 원하는 인생을 살아갈 수 있는지에 대해 따뜻한 목소리로 자세히 설명하고 있다. 취업과 경제적 사정 때문에 늘 고민이 많은 우리 청년들이 이 책을 통해 자신감을 얻고 밝은 미래를 위한 청사진을 구축하기를 기대해 본다.

인생 네 멋대로 그려라

이원종 지음 | 값 15,000원

『인생 네 멋대로 그려라』는 리더를 꿈꾸는 젊은이들이 꿈과 성공을 향해 나아갈 수 있도록 이정표를 제시한다. 희망, 성공, 행복, 인생, 리더, 조직이라는 여섯 키워드를 중심으로 21세기 성공리더의 필요조건을 나열한다. 제4회 행정고시를 거쳐 서울시장과 충청북도지사 등 주요 행정직을 역임한 이원종 現 비서실장의 삶과 열정, 리더의 모습을 엿볼 수 있다.